나는 인도에서 붓다를 만났다

나는 인도에서 붓다를 만났다

차창룡의 불교신화기행

북하우스

사랑하는 어머니께

머리말

또 떠날 때가 되었다

또 떠날 때가 되었습니다. 그동안 많은 복락을 누렸습니다. 늘 받기만 했습니다. 받기만 한 인생은 실패한 인생입니다. 지금부터라도 달라질 수 있을까요? 나는 결국 나의 조건을 떠나기로 했습니다. 지금까지 쌓아온 것을 버리고, 새로운 탑을 쌓기로 했습니다. 붓다에게서 버리는 법을 배웠으나 아직도 온전히 버리지 못하고 있음을 절감하고, 나는 그분의 법을 배우기 위해 떠납니다. 온전히 터득하지 못한, 버리는 법과 새로운 탑을 쌓는 법을 배우기 위해.

인도 여행은 나에게 언제나 꿈입니다. 벌써 네 번에 걸쳐 인도를 다녀왔지만, 아직도 인도는 내게 미지의 땅이고 탐험의 땅이고 발견의 땅입니다. 아직 가보지 못한 지역이 많아서인 것만은 아닙니다. 인도는 매번 나를 새로운 세계로 안내했습니다. 그리하여 나는 언제나 인도를 꿈꿉니다.

네 번에 걸친 나의 인도 여행 중 나는 늘 붓다를 만났습니다. 몇 년 전에 출간한 《인도신화기행》에서 밝혔듯이 인도 여행은 곧 신화 기행이었습니다. 그중에서도 내게 특히 울림이 큰 신화는 불교와 관계있는 것이었습니다. 첫번째 여행은 인도 신화를 체험하기 위한 것이었지만 여행지의 상당 부분이 불교 성지였고, 두번째 여행에선 첫번째 여행 때 가지 못한 바이샬리를 추가하여 불교 성지를 순례했고, 세번째 여행에선 그때까지 방문하지 못한 불교 성지 상카샤를 다녀왔으며, 네번째 여행에선 달라이 라마의 티베트 망명정부가 있는 다람살라와 맥그로드 간지를 다녀왔습니다. 과거와 현재의 불교 신화를 두루 훑어본 셈이니, 나의 여행을 불교 신화 기행이라 이름 붙여봅니다.

불교가 다른 종교와 특별히 다른 점이 있다면, 불교는 신화를 중시하지 않는다는 점입니다. 대신 교리를 가장 중시하는 종교가 바로 불교입니다. 불교가 어렵다고 느껴지는 이유가 여기에 있습니다. 그러나 붓다의 교리는 그의 생애 속에 이미 녹아들어 있으며, 그의 생애는 다분히 신화를 포함하고 있음에 유의해야 합니다. 나는 인도의 곳곳에서 느낀 붓다의 숨결과 신화를 소박하게 적고자 합니다.

이 책의 고유명사는 내게 익숙한 것을 그대로 썼습니다. 대체로 내게 익숙한 고유명사는 팔리어보다는 산스크리트어입니다. 지명의 경우 과거의 지명보다는 오늘의 지명을 사용하려 했으나, 과거의 지명이 내게 익숙한 경우에는 과거의 지명을 그대로 사용했습니다. 인도 신화나 불교 신화에 익숙해지기 위해서는 결국 여러 언어의 고유명사에 골고루 익숙해져야 하기 때문입니다.

부처님의 생애에 관한 이야기는 많은 경전을 일차적인 자료로 삼아 정리했지만, 이미 종합적으로 정리해 조계종 교육원에서 펴낸 《부처님의 생애》와 불광출판사의 《부처님의 생애》(박경훈 지음)에서 많은 내용을 빌렸습니다. 부처님의 생애를 종합적으로 살펴보고 싶으신 분에게 이 두 책이 매우 유용하리라 생각합니다.

먼 길을 떠날 수 있도록 힘을 주신 불광사의 지홍 스님, 불광출판사의 유지호 주간님, 이진영 시인, 스라바스티 천축선원의 대인 스님과 적조행 보살님, 인도를생각하는예술인모임 회원들, 그리고 무엇보다도 부족한 나로 인해 고통받으면서도 지원해준 가족들에게 감사의 인사를 올립니다. 이 책을 만들어주신 북하우스의 김정순 사장님과 편집자에게도 더없는 축복 있기를 기원합니다.

2010년 봄
흑석동에서
차창룡

차 례

프롤로그

붓다를 만나러 가는 길

당신은 누구의 화신도 아닌,
당신 자신입니다.
누구의 화신도 아닌 당신을
누구의 화신도 아닌 내가
사랑해도 될까요?

당신이 누구의 화신도 아니듯이
나도 누구의 화신이 아님에도
나 자신이란 생각으로부터 벗어나라고
당신은 말씀하십니다.

당신 자신이신 당신을 만나기 위해
나는 사랑합니다.
나 자신일 뿐인 내가 사랑합니다.
당신은 말씀하십니다.
너는 네가 아니다.

붓다가 비슈누의 아홉번째 화신이라고?

보드가야에서 초등학교 1학년 어린이가 집요하게 달라붙었다. 자신이 보드가야를 안내하겠다는 것이었다. 그 꼬마에게 "너의 종교는 무엇이냐?" 하고 물었더니, 부디스트라고 대답했다. 그 꼬마와 그 아이의 부모는 사실 힌두교인이다. 그러나 그들은 불교와 힌두교를 별개의 것으로 생각하지 않는다. 부디스트라고 대답한 친구에게 다시 "너 힌두교인 아니야?"라고 물으면, "힌두교인이기도 해"라고 대답한다.

그들이 힌두교와 불교를 같은 것으로 생각하는 이유는 신화 때문이다. 힌두교 신화에 따르면, 유지의 신 비슈누의 아홉번째 화신이 바로 붓다다. 흡수력이 강한 힌두교의 속성이 잘 나타나는 대목이다. 그러나 힌두교의 붓다 신화는 베다의 권위를 인정하지 않는 붓다를 교묘하게 비판한다.

비슈누의 화신이 활약하게 된 배경에는 언제나 악마의 준동이 있었다. 악마들이 신들보다 힘이 세지면, 세상은 위험해진다. 세상을 유지하고 보호하는 임무를 맡은 신인 비슈누가 해결사로 나설 수밖에 없다.

비슈누의 아홉번째 화신 붓다가 활약하기 전에도 악마들의 힘은 대단히 강했다. 악마들이 강해진 이유도 특이했다. 악마들은 신들보다 훨씬 더 열심히 베다를 암송하고 희생제를 지냈으며 철저하게 고행했다. 그렇다면 그 악마들은 이미 악마가 아닌 듯한데, 피는 속일 수 없는 것인가?

게을러빠진 신들은 악마들의 힘에 밀려 자신의 영토를 조금씩 빼앗

비슈누의 물고기 화신 마츠야. 인류의 조상 마누를 도와 인류의 멸망을 막는다.

비슈누의 난쟁이 화신 바마나. 악마 발리에게 세 발짝만큼의 땅을 달라고 한 후 거인이 되어 세 발짝을 걸으니, 첫 발짝이 땅을 차지하고, 둘째 발짝은 하늘을 차지했으며, 셋째 발짝으로 악마 발리를 지옥으로 밀어버렸다.

졌다. 도저히 견딜 수 없어진 신들은 비슈누를 찾아갔다.

“위대한 신이시여, 악마들이 점점 힘이 세져서 우리의 영토를 넘보고 있습니다. 이러다가는 악마들의 세상이 되겠습니다. 저희들을 불쌍히 여기사 위대한 신의 힘을 보여주십시오.”

“참으로 난감한 일이다. 악마들이 차라리 못된 짓을 한다면 쉽게 물리치겠지만, 저렇게 철저하게 고행하고 베다를 찬양하고 희생제를 정성껏 지내니 저들의 힘을 약화시키는 게 쉽지 않구나. 물론 방법이 있다. 악마들로 하여금 베다를 무시하게 하고 희생제도 지내지 않으며 고행도 하지 않게 하면 그들은 급속도로 힘이 빠질 것이다. 그때 물리치면 될 것이다. 내가 악마들을 속일 붓다로 태어나 저들로 하여금 베다를 무시하게 하겠다."

인간 세상에 태어난 비슈누의 화신 붓다는 악마들이 고행하고 있는 고행림을 찾아갔다. 붓다는 베다를 암송하고 있는 악마들에게 물었다.

"그대들은 무엇 때문에 그렇게 목청껏 노래를 부르고 있소?"

"보시면 모르시겠습니까? 베다를 찬송하고 있소이다. 베다를 찬송하면 큰 공덕이 생겨서 마침내 해탈하게 되는 법이오. 찬송을 방해하지 말고 저리 물러서시오."

"허허, 이 양반들, 참으로 어리석기가 자기 자식도 몰라보는 지빠귀 같구려. 베다가 무슨 공덕이 있단 말이오? 그럴 시간 있으면 밭을 갈아서 농사를 짓는 게 낫겠구려. 그래, 베다가 뭘 말하고 있소이까?"

"태초에 황금의 태아가 생겨났으니/ 태어나자마자 그는 존재하는 모든 것의 한 분뿐인 지배자였도다./그는 대지와 이 하늘을 세웠으니/ 우리가 제물 바쳐 받들어야 할 신은 바로 그분이다."

"허허, 참으로 우습소이다. 누가 대지와 하늘을 세웠다구요. 대지와 하늘은 끊임없이 생겨났다 소멸했다 했소이다. 우주에 절대적은 것은 없소. 베다는 모두 바라문들이 백성들을 착취하기 위해 만든 허위 문서일 뿐이오."

악마들은 단순하고 순진했다. 그들은 위엄 있는 성자의 말에 금세 흔들렸다.

"그럼, 우리가 도대체 무엇을 믿어야 한단 말이오!"

"베다를 믿지 말고 내 말을 믿으시오. 이 세상에 절대적인 것이란 없소. 절대적인 것이 없다는 것을 알게 되면 곧 이 세상을 알게 되고, 세상을 알면 무서운 게 없는 무적이 될 것이오. 그것이 바로 해탈이 아니고 무엇이겠소?"

"좋습니다. 그럼, 당신을 믿어보기로 하지요. 앞으로 가르침을 구하겠습니다."

붓다는 이어서 바위 위에 머리를 대고 물구나무 서 있는 고행자를 보았다. 그 고행자에게 다가가서 보니 그 뒤에도 수많은 고행자가 있었다. 피골이 상접한 채로 아무것도 먹지 않고 입지도 않고 한 발로 서 있는 고행자, 한 팔로 서 있는 고행자, 두 손가락으로 걸어 다니는 고행자 들이 숲을 이루고 있었다.

"그대들은 무엇을 위해 그리도 고통스런 자세를 취하고 있는 거요?"

"우리들은 고행을 통해 강력한 힘을 얻고 있소. 브라흐마 신은 철저하게 고행하는 이들에게 힘을 주지요. 그것이 우주의 법칙이외다."

"허허, 참으로 어리석구려. 몸에 무리를 가하면 몸만 약해지지, 무슨 이득이 있단 말이오? 더욱이 그대들 같은 악마들에게 창조의 신 브라흐마가 힘을 준단 말이오? 소가 웃을 일이외다. 브라흐마가 그대들의 적이란 걸 모르오?"

악마들은 성자의 말이 그럴듯하다고 생각하고는 그의 말에 귀를 기울였다.

보드가야 마야보디 사원의 불상. 인도인들의 풍습대로 신상에 꽃목걸이를 직접 걸어놓았다.

"이 세상에 절대적인 것이란 없소. 당연히 절대자도 없소. 절대자가 없는데 누가 힘을 준단 말이오? 오직 스스로의 노력에 의해서만 자신을 발전시켜 나갈 수 있을 뿐이오. 이 세상엔 절대자도 없고 나 자신도 영원한 존재가 아니오. 잠시 동안 이 세상에 머무를 뿐인 무상한 존재요. 이러한 진리를 바로 보는 자는 세상의 이치를 통달하여 큰 힘을 갖게 될 것이오."

악마들은 붓다의 말에 혼란스러워져서 수군거렸다.

"저분은 분명 대단한 성자인 게 틀림없어. 어쩜 저렇게 조리 있게 얘기할 수가 있지?"

인도 신화를 보다보면 악마들의 순진함에 피식 웃음이 나올 때가 있다. 이때의 악마들도 마찬가지였다. 붓다는 희생제를 올리고 있는 악마들을 향해서 말했다.

"그대들이 진정 힘을 갖기를 원한다면 죄 없는 짐승들을 잡아서 바치는 희생제부터 삼가야 할 것이오. 짐승들을 잡아서 피를 내면 그 짐승들은 그대들에게 원한을 품을 것이오. 그 짐승들의 가족들도 그대들에게 원한을 품을 것이오. 그런데 어찌 희생제가 공덕이 되겠소? 베다를 숭배하는 사제들은 희생제로 희생된 짐승들이 하늘나라로 올라간다고들 말하는데, 그게 될 법한 말이오? 그렇다면 차라리 그대들의 아버지를 희생제에 바치면 아버지가 하늘나라로 갈 것 아니오? 우리가 믿을 수 있는 힘은 오직 스스로 노력하여 얻는 힘밖에 없소."

악마들은 붓다의 조리 있는 설명에 모두 고개를 끄덕였다. 그날부터 그들은 베다를 읽지도 않았고, 희생제를 올리지도 않았으며, 고행을 멈추었다. 악마들의 힘은 하루하루 약해졌다.

신들은 악마들이 베다를 무시하고 희생제도 지내지 않고 고행도 하지 않자 환호했다. 그들은 악마들을 무찌를 날을 차분하게 기다렸다. 악마들이 더는 저항할 힘이 없어졌을 때 신들은 군대를 일으켰다.

"악마들은 한때 우리보다 더 열심히 베다를 섬김으로써 엄청난 힘을 자랑했다. 그러나 그들은 이제 베다의 갑옷을 벗고, 그들을 보호해주던 제사 의식도 버리고, 고행마저도 하지 않으니, 모두 허수아비가 되었다. 지금이야말로 악마들을 소탕할 때다."

신들의 군대는 약해진 악마의 군대를 무찌르고 자신들의 세계를 지

마하보디 사원을 순례하고 있는 한 가족.

킬 수 있었다. 악마들에게 잘못된 가르침을 행하는 성자의 모습으로 나타난 비슈누의 화신 붓다는 임무를 마치고 세상을 떠났다.

힌두 신화의 붓다가 석가모니 부처님이라고 할 수는 없지만, 이 신화는 불교를 우대하기 위해서라기보다는 교묘하게 비판하기 위해서 만들어진 것이라 할 수 있다. 그러므로 비슈누의 아홉번째 화신이 붓다이니 불교와 힌두교는 한집안이라고 하면 어이없는 모순이다. 그런데도 인도인들은 흔히 그렇게 말한다. 그들은 붓다가 왜 비슈누의 화신이 되었는지는 알아보려 하지 않는다. 그저 그들은 불교 사원에도 와서 붓다에게 예배한다.

아득한 과거에서 아득한 미래까지 존재하시는 부처님

2002년 룸비니에 머무르는 동안 내게 큰 행운이 있었다. 룸비니의 대성석가사에 계시는 법신 스님의 스승인 도문 스님이 많은 신도들과 함께 성지 순례를 온 것이다. 대성석가사는 거대한 불사를 일으켜 많은 룸비니 주민들에게 일자리를 제공하고 있었다. 가난한 룸비니 주민들은 대성석가사 덕분에 풍족한 삶을 누렸다. 일자리를 준 것만으로도 모자라, 도문 스님과 함께 성지 순례를 오신 분들은 룸비니 주민들에게 일일이 쌀과 일정 액수의 돈을 나누어 주었다. 정말 아름다운 모습이었다.

도문 스님의 룸비니 방문이 내게 큰 행운이었던 것은 도문 스님을 따라 카필라바스투를 순례할 수 있었기 때문이다. 카필라바스투의 불교 유적지는 택시를 대절하지 않으면 가기 힘든 곳에 있었다. 나는 그때 성지 순례단과 함께 도문 스님의 판소리 법문을 들으며 카필라바스투 일대를 순례했다. 그중 니그리하와와 고티하와는 과거불과 관계가 있는 곳이었다.

니그리하와는 과거불 가운데 다섯번째 부처님에 해당하는 카나카무니(구나함모니拘那含牟尼) 부처님이 탄생하신 곳이고, 고티하와는 과거불 중 네번째 부처님에 해당하는 크라쿠찬다(구류손불拘留孫佛)가 탄생하신 곳이다. 그곳에 남아 있는 아쇼카 석주로 과거불의 탄생지임을 확인할 수 있었다.

붓다가 인간으로서 최고의 깨달음을 얻은 이라면, 유독 석가모니

고티하와의 구류손불 탄생지에 모인 아이들.

부처님만이 붓다일 리는 없을 것이다. 아닌 게 아니라, 붓다는 과거에도 있었으며 미래에도 탄생할 것이다. 석가모니 부처님을 포함하여 과거에 출현한 붓다를 흔히 과거불이라 한다. 과거불은 모두 일곱 분이 있었다고 한다.

과거의 부처님들은 정말 아득히 먼 세상에서 사셨던 분이다. 우주가 열렸다 닫히는 시간의 단위를 '겁(劫)'이라 한다. 91겁 전에 비파시 부처님이 계셨고, 31겁 전에는 시키 부처님과 베싸부 부처님이 출현하셨다. 그렇게 드물게 출현하시던 부처님이 현겁에는 크라쿠찬다, 카나카무니, 카사파, 그리고 석가모니 부처님까지 출현하셨으니, 현겁은 그야말로 행운의 시기인 셈이다.

과거의 부처님들 이야기를 담은 《대전기경(大傳記經)》은 다분히 신화

룸비니 거리에 모셔져 있는 석가모니불.

적이며, 이들 부처님들의 탄생은 일정한 과정을 되풀이한다. 붓다가 될 보살은 태어난 지 이레째에 어머니를 여의는데, 어머니는 이 세상을 떠나 도솔천(兜率天 : 욕계육천欲界六天의 넷째 하늘로, 미륵보살의 정토)에서 다시 태어난다. 다른 여인들은 앉아서 출산하거나 누워서 출산하지만, 보살의 어머니는 서서 출산한다. 보살이 어머니의 자궁에서 나올 때 신들이 먼저 받고 나중에 인간들이 받는다. 보살은 태어나자마자 두 발로 가지런히 땅에 서서 북쪽을 향해 일곱 발짝을 걷는다. 하얀 일산이 펴질 때 보살은 모든 방향을 굽어 살펴보고 "나는 세상에서 최상이요, 나는 세상에서 제일 어른이요, 나는 세상에서 으뜸이다. 이것이 마지막 생이다. 또다시 태어남은 없다"라고 말한다.

이렇게 태어난 붓다는 일평생 중생들을 제도하여 옳은 길로 안내하고는 떠난다. 한번 떠난 붓다는 다시 돌아오지 않는다. 다행히 과거불만 있는 것이 아니라 미래불도 있다. 미륵불이 바로 미래의 부처님이다.

부처님 이야기는 아득한 과거에서 아득한 미래까지 존재한다. 불교가 교리 중심의 종교이지만, 이러한 신화도 무시할 수 없음은 물론이다. 더욱이 석가모니 부처님의 탄생부터가 일반인의 출생과는 전혀 다른 모습을 보여준다. 나는 불교 성지를 순례하면서 불교 교리보다는 이러한 신화를 읽어보고자 했다. 석가모니 부처님 이야기는 신화적 요소가 가미된 역사라고 하는 것이 옳을 것이다. 역사를 말하고자 하는 것은 아니다. 불교도 분명 다른 종교와 유사한 신화를 믿고 있다. 그것을 믿지 않고도 불교는 성립하지만, 경전에서 전해오는 신화를 믿는 순간, 우리의 상상력이 증대되고 신앙의 폭도 넓어질 수 있다고 믿는다. 오직 교리만으로 이루어졌다면, 불교는 글을 모르는 사람은 믿을 수 없는 종교가 된다. 이야기만으로도 불교는 분명 종교다.

이 책은 다분히 인간적인 관점에서 출발한다. 그것은 내가 성지를 순례하면서 느꼈던 인간 붓다의 흔적을 가슴 깊이 받아들였기 때문이다. 특히 쿠쉬나가르에서 열반상을 보았을 때는 신을 만났다는 느낌보다 육친과 같은 부처님이 돌아가셨다는 느낌이 강했다. 나는 이 책에 그런 느낌을 적을 것이다. 때로는 그것이 불교의 교리와 어긋날지 모르겠고 경전의 내용과 모순이 될 수도 있겠지만, 나의 글이 결국 현재 나의 그릇을 보여주는 것은 당연한 일이다.

01

—

붓다의 고향
룸비니와
카필라바스투

어머니,
왜 그리 일찍 가셨나요?
원망하진 않습니다.
어머니의 사랑을 둘로 나누어
보여주시기 위해 가신 것 압니다.
또 한 분의 어머니가
당신이 되었습니다.
말씀하지 않으셔도 그 사랑 압니다.

그리하여 나는 당신을 떠납니다.
여보!
사랑하지 않아서가 아닙니다.
알아요?
사랑이 사무쳐서 떠났음을.
나의 말 칸타카가 나를 사랑하듯이
당신을 사랑하지만,
더 깊이 사랑하는 방법을 꿈꾸면서
나는 떠났어요.
세세생생 끊이지 않는 인연으로 당신을
사랑합니다, 사랑했습니다.

부처님이 길에서 태어난 까닭은?

"세윤아, 네 고향은 어디야?"

"모태산부인과야!"

조카에게 고향이 어디냐고 물었더니, 조카는 장난스럽게 산부인과 병원이라고 대답한다. 어이없으면서도 난 참 기발한 대답이라고 생각했다. 요즘 아이들이 태어난 곳은 물론 산부인과 병원이지만, 고향을 산부인과라고 하면 소가 웃을 일이다.

석가모니 부처님이 태어난 곳은 룸비니 동산이고, 부처님이 어린 시절을 보낸 곳은 카필라바스투다. 요즘 아이들이 태어난 곳이 산부인과일지라도 산부인과보다는 자신의 집과 집이 있는 동네가 중요하듯이, 붓다에게도 룸비니 동산보다는 성장기를 보낸 카필라바스투가 중요하다. 그럼에도 우리는 룸비니 동산을 카필라바스투보다 더 중시하고, 4대 성지로 추앙하고 있을 뿐만 아니라 심지어는 룸비니를 부처님의 고향이라고도 말한다. 그것은 바로 신화 때문이다. 붓다의 탄생과 관련된 룸비니의 신화는 우리에게 잊을 수 없는 이미지를 제공한다.

붓다는 이 세상에 태어나기 전에 이미 부처로 태어나는 것이 예정되어 있었고, 도솔천에서 머물다가 마야 부인의 몸을 통해 지상으로 왔다고 전해진다. 그렇다면 훨씬 편안한 방법으로 이 세상에 올 수도 있었는데, 붓다의 탄생은 그렇지가 않았다.

비정상적인 탄생은 세상을 구원할 위대한 직무를 갖고 태어난 영웅들의 공통점일 것이다. 예수의 부모는 분만할 곳이 마땅치 않아 결국 남의 집 마구간에서 신의 아들을 낳았다. 세상을 구원하기 위해서는 태어날 때부터 편안해서는 안 되었던 것이다. 예수가 신의 뜻에 따라 마구간에서 태어났다면, 붓다는 스스로의 의지에 의해 길 위에서 태어났다.

붓다는 무수한 생애를 거치면서 끝없이 자기희생의 공덕을 쌓아 보살이 되었고, 그 결과 도솔천에 올라가 신들을 가르치면서 지상에 내려올 시기를 기다리고 있었다. 붓다의 전생인 보살은 도솔천의 눈부신 꽃들과 아름다운 새들의 미묘한 지저귐 속에서 천상의 신들과 다른 보살들에게 설법하곤 했다. 보살은 세상에 태어날 시기와 대륙, 나라와 집안을 살펴보았다. 세상을 구원할 가장 적절한 시점을 찾아야 했고, 너무 잘살지도 너무 못살지도 않은 나라를 골라야 했으며, 훌륭한 인품을 소유한 가족을 찾아야 했다.

보살은 세계 문명의 발상지인 인도 대륙을 선택했고, 그중 강대국도 약소국도 아닌 석가족의 카필라바스투를 선택했으며, 숫도다나 왕과 마야 왕비를 붓다의 부모로 선택했다. 보살은 겨울이 지나고 자연의 생명력이 가장 왕성한 계절에 여섯 개의 황금 이빨을 가진 흰 코끼리가 되어 어머니의 오른쪽 옆구리를 거쳐 자궁으로 들어갔다. 마야 왕비는 꿈속에서 이 광경을 보았다. 잠에서 깬 왕비는 왕에게 꿈 이야기를 해주었다. 왕은 꿈을 해석하기 위해 바라문(婆羅門, 인도의 카스트 제도에서 가장 높은 계급)들을 불렀다.

"지혜로운 바라문들이여, 왕비가 간밤에 여섯 개의 이빨을 가진 흰 코끼리가 오른쪽 옆구리로 들어오는 꿈을 꾸었답니다. 참으로 기이한 꿈입니다. 어떻게 해석할 수 있겠습니까?"

바라문들은 한결같이 태몽이라고 해석했다. 한 바라문이 자세하게 설명했다.

"여섯 개의 이빨을 가지고 있고 일곱 부위가 땅에 닿는 흰 코끼리는 세상을 통일할 전륜성왕만이 가질 수 있는 보배입니다. 왕비께서 전륜성왕이 되실 왕자를 잉태하신 것이 틀림없습니다."

마야 왕비는 아기가 태어날 달이 되자 친정의 풍습에 따라 고향 데바다하에 가서 아기를 낳고 싶어 했다. 물론 숫도다나 왕은 만삭의 몸으로 먼 길을 가는 아내를 말렸다.

"당신의 집까지 가는 길은 너무 멀어요. 이 궁궐에서 아기를 낳는 것이 훨씬 안전하지 않겠소?"

"그렇기는 하지만, 이 귀한 자식은 제가 교육받은 대로 낳고 싶습니다. 모든 정성을 다하여 아이를 영접할 것입니다."

시녀들을 데리고 왕비는 여행을 떠난다. 긴 여행이었지만 그토록 고대하던 아기를 낳기 위한 길이라 왕비의 마음은 한없이 설레었다. 끝없는 벌판이 계속되어도 여행이 조금도 지루하지 않았다. 아름다운 강이 흐르는 아름다운 동산이 나오자, 왕비는 시녀들에게 잠깐 쉬었다 가자고 했다. 때는 한창 햇살이 좋은 때라 벌과 나비가 활짝 핀 꽃 사이에서 매우 분주했다. 다양한 새들이 천상에서나 들을 법한 노래를 불렀다.

갑자기 산기를 느낀 왕비는 분만 준비를 했다. 친정집에 가서 아기를 낳으면 좋겠지만, 이곳도 나쁘게 느껴지지는 않았다. 아니, 주위에 나무 그늘도 있고 물도 있어서 분만하기에 더없이 좋은 곳이었다. 왕비는 꽃향기가 가득한 동산에서 아쇼카나무(무우수 無憂樹) 가지를 붙잡고 서서 아기를 낳았다.

이때 비와 번개의 신이자 신들의 왕인 인드라와 창조의 신인 브라흐마가 마야 왕비의 분만을 도왔다. 천상의 보석을 흩어놓은 것처럼 아름다운 빛깔의 꽃 이파리가 휘날리는 가운데, 많은 신들이 내려와 천상의 음악을 연주했다. 인드라와 브라흐마는 세상에서 가장 부드럽고 아름다운 비단으로 아기를 감싸 안았다.

《대전기경》에서 말한 부처님들이 탄생할 때의 과정이 그대로 나타난다. 어머니의 자궁에서 세상에 나왔건만 아기는 아주 깨끗했다. 양수도 묻지 않고 점액도 묻지 않고 피도 묻지 않았다. 그렇게 깨끗했기 때문에 목욕할 필요가 없었겠지만, 목욕이란 의식이기도 하다. 그때 하늘에서 두 줄기 물이 내려왔다. 한 줄기는 차가운 물줄기였고, 한 줄기는 따뜻한 물줄기였다. 그 물에 아기와 어머니가 목욕을 했다.

목욕을 마친 아기는 오른손은 하늘을 가리키고 왼손은 땅을 가리키고는, 북쪽을 향해 일곱 발짝을 걸었다. 이때 하얀 일산이 펴지면서 따가운 햇살로부터 아이를 보호해주었다. 일곱 발짝을 걸어간 후 아기는 이렇게 말했다.

> 하늘 위 하늘 아래
> 나 홀로 존귀하나니
> 고통에 휩싸인 이 세상을
> 마땅히 안온하게 하리라.

천상천하에 홀로 존귀하다는 외침은 붓다의 이후 행보를 암시한다. 인도 신화를 보면 극심한 고행을 행하는 자에게는 반드시 신의 은총이 내려진다. 그러나 붓다는 우루빌라에서 극심한 고행을 행했지만 신의 은총이 없었다. 그것은 붓다의 깨달음이 너무도 신묘해서 신들조차 도울 수 있는 것이 아니었기 때문이다. 달리 말하면 붓다는 신들보다도 월등한 존재였던 것이다.

아기가 걸음을 옮길 때마다 수레바퀴만큼 큰 연꽃이 땅에서 솟아올라 아기 발을 받들었으며, 천지가 진동하고 삼천 대천세계(三千大千世界)가 밝게 빛났다. 이렇게 붓다는 태어났다. 이토록 장엄한 신화가 감싸주고 있는데, 룸비니가 어찌 최고의 성지가 안 될 수 있겠는가.

붓다의 탄생은 더없는 환희로 포장되었지만, 사실 룸비니 동산의 나무 아래는 오늘날의 산부인과는커녕 민가의 안방보다도 더 나은 분

바이샬리의 일본 절에 새겨진
아기 붓다의 탄생 장면.

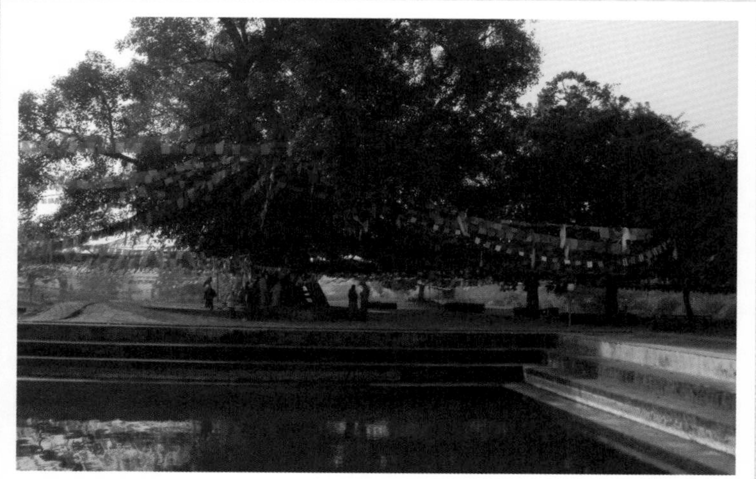

마야 부인과 아기 붓다가 목욕했다는 연못과 그 옆에 심어진 보리수.

만 장소가 결코 아니다. 그런 곳에서 붓다가 태어났다는 것은 특별한 상징적 의미가 있다.

집과 길은 탯줄처럼 연결되어 있다. 집을 떠나는 통로가 바로 길이고, 집으로 돌아오는 통로 또한 길이다. 세상의 모든 길은 집을 향하고 있다. 집은 안과 밖의 구별이 있는 공간이지만, 길이 있음으로 해서 밖으로 열린다. 집은 또 길이 있기에 안에서 닫힌다. 길은 끝이 없지만, 끝이 있다. 그 끝이 바로 집이다. 길은 열려 있지만, 모든 집 앞에서 닫힌다. 집과 길은 떼려야 뗄 수 없는 긴밀한 결합체인 셈이다. 따라서 길 위에서 이루어진 붓다의 탄생은, 그곳이 집이라는 해탈의 고향으로 가는 길목임을 암시한다.

압바스 키아로스타미 감독의 영화 〈내 친구의 집은 어디인가〉(〈체리향기〉나 〈올리브나무 사이로〉, 〈그리고 삶은 계속된다〉를 떠올려도 좋다)에 나오는 지그재그형의 길을 떠올려보자. 주인공 소년은 친구의 공책을 들고 친구의 집을 찾기 위해 지그재그형의 길을 열심히 올라간다. 그리하여 윗마을에 도달하고, 거기서 친구의 집을 찾는다. 친구의 집은 끝내 찾을 수 없다. 찾았다고 생각하면 거기가 아니다. 마을 사람들은 다른 데로 가보라고 한다. '집'은 마치 유토피아처럼, 피안처럼, 신기루처럼, 율도국처럼, 파라다이스처럼, 깨달음처럼 나타날 듯하다가 사라져버린다. 영화 속에서 분명히 나타나진 않지만, 친구의 집은 이런 상징으로 읽어도 좋으리라. 이 경우 길은 유토피아나 깨달음을 찾는 과정을 상징한다.

키아로스타미의 영화에서 친구의 집이 쉽게 찾을 수 없는 것이었듯

마야데비 사원에 있는 아쇼카 석주 앞에서 예배하는 사람들.

이, 붓다 또한 깨달음을 얻기 전에는 진정한 집이 없었음을 붓다의 탄생은 말해준다.

이렇게 우리는 길을 떠나면서 어머니의 자궁으로부터 멀어진다. 고향을 떠나 객지로 나오는 것이 바로 그 길일 것이다. 부모의 품을 벗어나 혼자서 살아가는 길을 모색하는 것이 그 길일 것이다. 길을 통해서 우리는 안온한 안식처를 벗어난다. 안온한 안식처를 벗어나면 툭 트인 세계가 우리를 기다리고 있다. 따지고 보면 우리가 떠나온 집은 우리의 영원한 안식처가 아니다. 우리는 새로운 집을 꿈꾸며, 그 결과 혼인하여 새로운 가정을 꾸린다.

길은 개인의 소유물이 아니다. 공동소유이거나 아예 소유자가 없다. 누구의 소유도 아니면서 모두의 소유이기도 한 길이야말로 뭇 생명의 구원을 목표로 온 붓다가 태어나기에는 안성맞춤의 장소였다. 붓다가 노상에서 태어난 것은 붓다의 깨달음이 모든 이에게 열려 있음을 말해줄 뿐 아니라, 인생이란 빈손으로 왔다가 빈손으로 가는 길임을 말해주기도 한다.

길 위에서 잠을 자야 하는 사람들이 늘어나고 있다. 우리나라에서는 노숙자가 불행의 상징이지만, 인도에서는 노숙이 자연스런 일이다. 붓다의 탄생을 생각할 때 우리는 노숙에 대한 두려움을 떨쳐야 할 것이다. 지나치게 안온한 공간을 찾아서도 안 될 것이다. 길 위에서 잠을 자더라도, 길 위에서 아기를 낳아야 하더라도 용기를 가질 일이다. 길 위에서 잠을 자던 이 붓다였으며, 길 위에서 태어난 아기 곧 붓다였으므로.

집에서 태어났다 할지라도 우리는 모두 길을 떠난다. 죽음이라는 집까지 가는 과정이 곧 길일 것이다. 그 길에서 붓다의 탄생지를 만난 것은 참으로 큰 환희다. 환희에 젖어 나는 그곳을 찾아간다.

부처님의 두 어머니

인도에서 긴 여행을 마치고 인도와 네팔 사이의 국경을 넘어서는 순간, 정들었던 인도 사람들 생각도 났지만 마음은 더할 나위 없이 편안해졌다. 아마도 네팔 사람들이 우리 한국인과 비슷한 성품을 가졌기 때문일 것이다. 네팔 사람들은 우리처럼 내성적이어서 낯선 사람에게 적극적인 관심을 보이지 않는다.

드디어 부처님의 고향에 들르게 되었다. 인도에서는 부처님이 출가하여 깨달음을 얻은 이후 활동했던 흔적을 주로 보았는데, 이제는 부처님이 태어나고 성장하고 출가를 결심하기까지의 과정을 살펴볼 차례다. 깨달음을 얻은 이후의 행적은 많이 알려져 있는 편이지만, 그 이전의 행적은 안개에 싸여 있다. 그러나 세속에서 살고 있는 우리에게는 어쩌면 깨달음 이전의 붓다의 삶이 중요한지도 모른다.

룸비니에는 한국 절 대성석가사가 있어 순례자들의 좋은 쉼터 노릇을 한다. 국경도시 바이라와에서 버스를 타고 약 한 시간이면 룸비니에 도착한다. 관광버스가 아니라 시외버스 같은 것을 타면 네팔이 인도보다 한결 가난하다는 것을 알게 된다. 온전한 의자가 별로 없고, 창문도 깨진 곳이 많다. 그런 버스를 네팔 사람들과 함께 타는 것이 내게는 큰 즐거움이었다. 한결 가까이에서 그 사람들의 숨결을 느낄 수 있는 기회였기 때문이다. 눈이 마주치면 사람들은 싱긋 웃어준다. 인도 사람들처럼 어느 나라에서 왔느냐고 물어보는 경우는 많지 않다.

대성석가사에 가려면 룸비니 정류장에서 내려 사이클 릭샤를 타거나 걸으면 된다. 룸비니에 들어서는 순간, 마음이 집에 온 것처럼 편안해진다. 무엇이 나를 이렇게 평온하게 하는 것일까? 룸비니의 자연 전부가 내게 미소를 보내는 것만 같다. 룸비니 일대에서 가장 웅장한 한국 절의 위용은 우리의 마음을 뿌듯하게 한다. 대성석가사는 어느 절보다 여행자들이 쉬어가기 좋도록 배려해주어, 우리나라 사람들뿐만 아니라 외국인들도 자주 묵어가는 곳이다.

사원 기둥마다 룸비니와 카필라바스투 인근 지역의 여행뿐만 아니라 인도의 불교 성지 순례를 알리는 다양한 안내장이 붙어 있다. 식당에서 한국 음식을 먹다보면 그동안 음식이 맞지 않아 고생한 사람들도 원기를 회복하게 된다. 원기를 회복한 사람들이 참여하는 새벽 예불은 힘 있고 희망이 넘친다. 한국인뿐만 아니라 외국인들도 새벽 예불에 참여하곤 한다.

룸비니에서 단잠을 잔 후 새벽 예불과 아침을 마치고 마야데비 사원에 갔다. 중국, 독일, 베트남, 티베트, 타이 등 각국의 사원들이 있는 곳을 지나면, '꺼지지 않는 불'을 모신 제단이 나온다. 가스가 나오는 곳에서 한시도 쉬지 않고 작은 불꽃이 숨을 쉰다. 불을 신이자 신과 소통하는 중요한 공물이라 생각하는 힌두교인들에게는 성스러운 곳이다.

강을 건너면 과연 아름다운 동산이 있다. 강이 휘돌아 나가는 중간에 위치한 룸비니 동산은 낙동강이 휘돌아 나가는 하회 마을과 비슷하다. 옛날에는 이곳에 커다란 승원이 있었다고 한다. 무너진 건물의 잔해가 지금도 남아 있다. 지금은 이곳에 새로운 사원을 짓고 전체적으로 마야데비 사원이라는 이름을 붙였다. '마야데비', 데비(아수라에 대비되는 선신인 데바의 여성형)는 여신이니 석가모니의 어머니 마야를 여신으로 모시고 있는 셈이다. 아무래도 마야데비 사원은 옛 이름이 아니라 힌두교인들이 붙인 이름일 성싶다. 예수님의 어머니 마리아가 숭배받는 데 비해 부처님의 어머니는 상대적으로 소홀히 대접받고 있는데, 이 사원이 부처님의 어머니를 모신 대표적인 절이라 할 수 있겠다.

마야 왕비는 콜리야족의 공주였다. 콜리야족은 석가족(샤카족)과는 한뿌리였다. 그들의 조상은 이크쉬바크 왕이다. 이크쉬바크 왕에게는 여러 아내에게서 낳은 다섯 아들과 다섯 딸이 있었다. 이크쉬바크 왕은 가장 나중에 얻은 왕비를 너무도 사랑한 나머지 그녀가 낳은 어린 아들 잔투를 태자로 책봉하고, 나머지 자식들은 모두 국외로 추방했다. 네 왕자는 그들의 어머니와 누이들, 수많은 군사와 기술자 들을 거느리고 아버지의 나라를 떠났다. 백제를 세운 비류와 온조, 소서노 이야기와 왠지 비슷하지 않은가? 북쪽 히말라야를 향해 가던 그들은 사

룸비니 마야데비 사원의 전경.

마야데비 사원에 모셔진 '꺼지지 않는 불'.

방이 탁 트인 평원을 발견하고 그곳에 새로운 터전을 잡았다. 새로운 터전에서 그들은 금방 안정된 생활을 누리게 되었다. 왕자들이 혼인할 나이가 되자 왕자의 어머니들이 모여 상의했다.

"우리는 이크쉬바크 왕의 순수한 혈통을 유지해야 합니다. 근본을 모르는 사람들과 혼인하지 말고 우리 안에서 혼인하도록 합시다."

배다른 형제자매인 그들이 서로 혼인하여 2세를 낳으니, 그곳은 드디어 새로운 나라로 손색이 없게 되었다. 네 왕자의 마을은 나날이 번창하여 이웃의 주민들이 대거 몰려들었다. 자그마하던 마을이 몇 년 사이 번화한 대도시로 성장했다. 여러 해가 지나 이크쉬바크 왕은 쫓아낸 자식들이 궁금했다. 신하들에게 자식들의 소식을 알아오게 한 결과, 자식들이 잘살고 있다는 소식을 들은 왕은 매우 기뻐했다. 이후 '능력 있는 자'라는 뜻에서 사람들은 그들을 석가족이라 불렀다.

그러나 그들에게도 불행은 있었다. 나병 환자였던 첫째 딸 프리야가 혼인하지 못하고 깊은 숲 속에서 혼자 살아야 했던 것이다. 그러나 불행 중 다행으로 그곳에서 역시 나병 환자였던 바라나시의 왕 라마를 만났다. 두 사람은 서로 의지하여 싸운 결과 마침내 병마를 물리쳤다. 프리야는 라마와 혼인하여 새로운 왕국을 세웠는데, 그들이 사는 곳은 호랑이가 많아 호환이 심했다. 그들은 호랑이를 막기 위해 가시가 많은 콜리야나무를 심었다. 그래서 그들이 사는 곳은 콜리야 마을이라 불렸고, 그 후손들은 콜리야족이라 불렸다.

콜리야족과 석가족은 늘 사이좋게 지냈으며, 양국 사이의 혼인도 흔했다. 석가족의 숫도다나 왕도 콜리야족의 왕족 중에서 혼인 상대를 선택했다. 마야는 동생 마하파자파티와 함께 이웃 나라의 숫도다나 왕에게 시집왔다. 서사시 〈마하바라타〉의 주인공인 다섯 형제가 모두 드라우파디에게 장가를 갈 수 있었듯이, 당시의 풍습은 자매가 한 남자와 혼인할 수도 있었던 듯하다. 붓다는 마야 왕비의 몸을 택했고, 마야 왕비는 붓다의 생모가 된다. 그러나 실제 붓다와 더 깊은 인연을 맺은 붓다의 어머니는 마하파자파티였다. 마하파자파티는 어린 싯다르타에게 젖을 먹였을 뿐만 아니라 싯다르타가 혼인할 때까지 양육했으며, 최초의 비구니가 되어 붓다의 제자가 되었다.

부처님이 생존하셨을 때 도리천(忉天, 욕계육천의 둘째 하늘)에 있었던 마야 왕비는 훗날 어떻게 되었을까? 마하파자파티는 출가하여 아라한과(阿羅漢果)를 얻었다고 하니, 붓다를 낳은 커다란 공덕을 세운 마야 왕비도 그 이상을 성취했음이 분명하다. 따라서 마야 왕비를 여신(데비)으로 추앙하는 것은 타당하지만, 붓다가 태어나자마자 선포했듯이 신보다 붓다가 더 높다면 붓다를 낳은 이에 대한 예우로써 데비라 칭한 것이 그리 큰 대접은 아닐 수도 있다.

여기서 해소할 수 없는 의문이 생긴다. 붓다는 분명 자신이 올 곳을 미리 알고 왔건만, 왜 가장 영광스런 출산을 맡은 마야 왕비는 출산 7일 만에 세상을 떠났는가 하는 것이다. 경전에는 모든 붓다의 어머니가 출산 7일 만에 도리천으로 올라간다고 되어 있다. 그것은 붓다의 어머니가 지은 복으로 고통스런 세상을 일찍 여윈다는 의미일 것이다. 마야 왕비가 세상을 떠남으로써 붓다의 어머니는 두 사람이 된다. 낳아준 어머니와 길러준 어머니가 모두 복을 받을 것은 당연하다. 두 어머니를 갖는 것은 어쩌면 두 배의 복을 받은 셈이 되는 것이다.

불교 성지를 순례하면서 우리는 2000여 년 전의 한 사람을 기억해야 한다. 바로 마우리아 왕조의 아쇼카 왕이다. 오늘날 불교가 씨가 마른 인도에서 붓다의 흔적을 발견할 수 있는 것은 아쇼카 왕이 세운 돌기둥 덕분이다. 룸비니 동산에도 당연히 아쇼카의 돌기둥이 있다. 기원후 7세기에 당나라의 현장(玄奘) 스님은 아쇼카 석주가 있는 곳에서 일곱 걸음 떨어진 곳에 붓다의 탄생지가 있다고 적었다.

위대한 선각자들의 숨결을 느끼면서 나는 룸비니 동산을 돌아보았다. 마야데비 사원에는 마야 부인의 출산 모습을 담은 부조가 있다. 아쇼카나무(그림 속의 나무는 아쇼카나무보다는 살라나무를 더 닮은 것같이 보이기도 한다)의 가지를 붙잡고 선 마야 부인이 아기를 분만하고 있고, 인드라 신과 브라흐마 신이 아기를 받는 장면이다. 부조 아래에 있는 유리관 속에는 발자국 조각이 새겨져 있다. 붓다가 태어나서 일곱 걸음을 걸은 자리임을 나타내는 표석이다.

아쇼카 석주는 매우 단순하다. 그러나 이 단순하면서도 소박한 돌기둥이 훗날 붓다의 탄생지를 알려주는 직접적인 계기가 되었다. 1895년 독일인 포이러(Feuhrer)가 아쇼카 석주를 발견했으니, 근 천 년 가까이 룸비니 동산은 버려진 채로 있었던 셈이다. 이제 다시 복원된 성지에서 룸비니 동산이 정확히 어디인지 한동안 몰랐었다는 사실에 가슴이 먹먹해졌다. 아쇼카 석주에는 다음과 같은 글귀가 새겨져 있다.

룸비니의 아쇼카 석주에 새겨진 글씨.

크지 않은 시골 장터의 모습을 그대로 간직한 룸비니의 시장.

많은 신들의 사랑을 받고 있는 아쇼카 왕은 왕위에 오른 지 20년 만에 친히 이곳에 와서 참배했다. 이곳이 바로 붓다가 탄생하신 곳이다. 이에 돌로 말의 형상을 만들고 석주를 세웠다. 또한 왕은 위대하신 분의 탄생지를 기려 이 지역의 주민들에게 조세를 면제하고 생산물의 8분의 1만 징수케 했다.

지금은 말의 형상을 볼 수 없다. 나는 오랫동안 아쇼카나무와 살라나무가 우거진 룸비니 동산을 서성거렸다. 보드가야에서 꺾꽂이한 보리수는 웅장하다. 보리수 옆에는 하늘에서 내려온 두 줄기 물이 이룬 연못이 있다. 연못을 바라보며, 연못 위에 떨어지는 낙엽을 바라보며, 티베트인들이 걸어놓은 타르초(불경 구절을 적어 넣은 천)를 들여다보면서 나는 룸비니 동산을 시계 방향으로 연방 돌면서 먼 하늘을 바라보았다. 한없는 평화가 하늘 위에서 흰 구름을 만들고 있었다.

대성석가사에서 점심을 먹고 다시 룸비니 동산 근처 기념품 가게가 늘어선 곳으로 왔다. 일종의 사하촌이 이곳에도 형성되어 있다. 음식을 파는 식당과 염주나 종교용품을 파는 포장마차들이 즐비했다. 이곳에서 파는 염주는 비교적 싼 편이다. 룸비니의 보리수 열매로 만든 염주가 인기 있었다. 나는 보리수 열매로 만든 염주와 전단향으로 만든 염주를 샀다. 전단향의 향기는 신비할 정도로 좋았다. 전단향 염주를 가방 속에 넣어두면 가방을 열 때마다 향기가 슬며시 외출하는 것 같다.

버스 정류장을 지나 마을로 들어서면 룸비니 사람들의 사는 모습이

밥을 요란하게 먹고 있는 룸비니
의 어린 소녀.

룸비니에 있는 베트남 사원.

그대로 보인다. 2001년에는 진흙으로 지은 집이 유난히 많았는데, 2008년에는 블록으로 지은 집이 많아졌다. 생활 형편이 조금이나마 나아진 듯도 싶었다. 2001년에는 티베트(네팔) 막걸리인 '창'을 파는 곳이 있었는데, 2008년에는 여러 가게에 가서 물어도 없었다.

마을 한쪽 귀퉁이에는 시장이 있다. 우리의 옛날 장터를 연상시키는 시장이다. 옷가지와 이부자리, 간단한 전기제품, 가죽제품 등을 파는 점포가 있다. 물건은 매우 싸지만 품질은 썩 좋은 편이 아니다. 스카프는 천연염색을 해서 빨래할 때마다 물이 빠진다. 그래도 스카프를 몇 개 샀다. 튼튼하지도 않고 색깔도 잘 바래는 편이지만, 목에 닿는 질감은 부드럽고 좋다.

룸비니에서 꼭 볼 것은 각국의 사원이다. 사원마다 그 나라의 특색이 있다. 타이 사원은 왕실에서 지은 것이라 매우 화려하다. 사원 벽에는 국왕의 사진이 꼭 걸려 있다. 중국 사원에서는 예불에 동참했는데, 절에서 사용하는 악기들이 크고 화려했다. 우리의 목탁같이 아기자기한 것은 없었다. 염불에 참여하면 기분이 참 좋아진다. 염불 소리가 마치 노래 같다. 일본 사원은 매우 정갈하다. 그들이 염불하기 위해 쓰는 악기는 부채와 소고를 합해놓은 것같이 생겼다. 일본인들은 산치 대탑을 모방한 탑을 만들었는데, 이런 탑은 바이샬리와 라지기르에도 있다. 티베트 사원은 우리의 불교 사원과 비슷하지만, 힌두교의 영향을 더 짙게 받은 것으로 보인다. 독일 사원은 티베트 사원의 양식과 같다. 독일에 뿌리를 내린 불교가 티베트 불교이기 때문이다. 그 외에도 베트남 사원, 미얀마 사원이 있다. 각국의 사원을 한 바퀴 돌다보면 한

나절이 간다.

룸비니의 하루는 그렇게 산책에서 시작하여 산책으로 끝난다. 룸비니 도서관과 박물관은 건축가 르코르뷔지에가 설계한 것으로 유명하다. 박물관에서 룸비니의 불교 유적을 정리하는 시간을 갖는 것도 괜찮다.

룸비니에서 나는 어머니의 품과 같은 따뜻함을 느꼈다. 룸비니가 부처님에 대한 어머니의 사랑이 고스란히 남아 있는 땅이기 때문일 것이다. 생각해보니 룸비니 동산은 어머니의 자궁과 흡사하게 생겼다. 비옥한 평야를 가꾸는 물줄기가 곡선으로 흐르는 한가운데에 있는 작은 언덕이 바로 룸비니 동산이다. 붓다의 어머니를 생각하면서 하루를 마쳤다.

붓다의 진정한 고향, 카필라바스투

2002년 3월, 룸비니의 대성석가사에서 일주일째 한가로운 날들을 보내고 있을 때였다. 오후 산책을 나갔다 오니 절의 온 식구들이 꽃다발을 들고 두 줄로 늘어서 있었다. 그날이 바로 한국에서 도문 스님과 신도들이 오는 날이었다. 나도 그 대열에 서서 한국에서 오신 분들을 환영할 준비를 했다. 본래 다섯 시쯤에 도착할 예정이었으나, 여섯 시쯤에야 도문 스님과 신도들이 도착했다. 드디어 스님이 차에서 내리자 사람들은 공손하게 인사하고 꽃목걸이를 걸어드렸다. 스님은 도열해 있는 모든 사람과 일일이 악수하면서 천천히 법당으로 들어가셨다.

사람들도 도문 스님을 따라 법당으로 들어가 좌정했다. 바로 예불을 했고 이어서 도문 스님의 법문이 있었다. 스님의 법문이 끝나자 보살님들이 나서서 네팔 사람들에게 보시금 봉투와 쌀 한 가마, 티셔츠

한 장, 과일과 빵을 나눠 주었다. 참 아름다운 풍경이었다. 보시금을 나눠 주고 있을 때 법신 스님께서 우리 배낭 여행자들에게도 나눠 주라고 신호를 보내셨다. 그리하여 우리는 졸지에 보시금 1000루피씩을 받게 되었다. 그 다음 날 우리는 도문 스님 일행을 따라 카필라바스투를 구경했다. 도문 스님은 차를 타고 가는 내내 부처님 말씀을 전해주셨다. 도문 스님은 이야기를 마치신 후에 그것을 다시 판소리로 들려주셨다. 우리는 같은 내용을 두 번 듣게 된 셈인데, 참으로 흥미로워서 귀에 쏙 들어왔다.

맨 먼저 간 곳은 쿠단이었다. 쿠단은 부처님이 고향을 방문할 때 처음으로 머물렀던 곳으로, 그곳에 숫도다나 왕이 사원을 지어 주었다. 경전에 나오는 니그로다 숲이 그곳이었다. 폐허가 된 스투파와 옛 사원의 흔적이 뚜렷했다. 나는 그곳에서 아버지와 어머니를 만나는 붓다를 떠올렸다. 부처님의 아들인 라훌라도 이곳에서 출가했다고 전해진다.

부처님은 출가하신 후 얼마 만에 고향을 찾은 것일까? 부처님의 고향 방문에는 두 가지 설이 공존한다. 죽림정사(竹林精舍) 시절에 방문했다는 설과 기원정사(祇園精舍) 시절에 방문했다는 설이 그것이다. 죽림정사 시절에 방문했다면 성도(成道) 후 대략 2년 만이고, 기원정사 시절에 방문했다면 성도 후 6년 만이다. 부처님이 성도 후 금방 가시진 않으셨을 테고 아무래도 성도 6년 후 정도가 아닐까 싶다. 지금은 6년이 긴 세월이지만, 도시에서 도시로 이동하는 데 상당한 시간이 걸린 당시를 생각해보면 그리 긴 시간도 아니었을 것이다.

고향이란 내가 가는 길의 시작임과 동시에 가야 할 길의 걸림돌이다. 부처님도 다른 지역보다도 고향에 가시는 데는 마음의 준비가 더 필요했을 것이다. 타향에서 충분한 실험을 거치신 후에야 부처님은 고향에 가실 생각을 했다.

부처님이 출가하신 후 긴 세월이 흘러서야 고향에 오시자, 숫도다나 왕은 그야말로 버선발로 뛰어나가 맞이하고 싶었을 것이다. 그럼에도 부처님이 궁궐로 오시기를 기다렸다. 부처님은 왕궁으로 바로 가지 않고 쿠단의 니그로다 숲에 머물렀다.

숫도다나 왕이 아들을 만나기 위해 펼친 노력은 눈물겹다. 싯다르타 태자가 출가할 때부터 숫도다나 왕은 항상 아들의 거취를 확인하고는 했다. 싯다르타가 깨달음을 얻은 후에는 굳이 알아보지 않아도 소식을 들을 수 있었다. 많은 사람들이 붓다의 가르침에 감화되어 승가에 귀의하고 있다는 소식을 들은 숫도다나 왕은 아들을 직접 만나고 싶어 사신을 보내 부처님을 초청했다. 그러나 부처님을 뵙는 순간, 사신은 자신이 그곳에 온 이유를 망각하고 승가에 출가했다. 벌써 몇 명의 사신이 돌아오지 않았는지 모른다.

숫도다나 왕은 생각 끝에 사신에게 백성 천 명을 이끌고 가서 부처님을 모셔오라고 지시했다. 그 많은 사람들이 일제히 출가할 수도 있다는 생각을 숫도다나 왕은 할 수 없었다. 그러나 그 사신과 천 명의 백성들도 부처님의 설법을 듣고서 깨달음을 얻고 출가했다. 이런 식으로 모두 백성들 9000명과 사신 아홉 명을 보냈으나 모두 돌아오지 않았으니, 숫도다나 왕은 그 이유를 알 수 없었다. 부처님이 내 청을

쿠단의 니그로다 숲에 마련된 부처님의 승원 터. 제법 큰 연못이 있었던 것으로 보인다.

쿠단의 승원 터에 남겨진 두 개의 건물 잔해 중에 작은 것.

거절한 것일까, 아니면 사신들이 나의 청도 말씀드리지 못한 것일까? 이를 어찌한다? 아무리 생각해도 숫도다나 왕은 묘안이 떠오르지 않았다.

내가 숫도다나 왕의 신하였다면 여성을 사신으로 보내보라고 했을 것이다. 그때까지만 해도 여성은 승가에 출가할 수 없었기 때문이다. 그러나 숫도다나 왕은 당시 사회활동을 전혀 하지 않는 여성을 사신으로 보낸다는 것은 생각할 수 없었다. 숫도다나 왕은 가장 충직한 신하이자 싯다르타 태자의 친구였던 우다이를 떠올렸다. 우다이라면 최소한 부처님의 의중은 알아올 것이라고 생각한 것이다. 숫도다나 왕은 우다이를 불렀다.

"우다이야, 싯다르타 태자가 참으로 그립구나. 너는 내 마음 알지? 나는 이미 연로했다. 내가 얼마나 더 살지 나도 잘 모르겠다. 한 번이라도 부처님을 뵙고 죽고 싶구나. 지금까지 많은 사신들과 백성들이 부처님을 모시러 갔지만 한 명도 돌아오지 않았다. 이제 네 차례가 온 것 같다. 네가 나의 소원을 들어줄 수 있겠느냐?"

우다이는 부처님을 뵙고 싶어 하는 아버지의 정이 몹시 가여웠다. 그는 반드시 숫도다나 왕이 부처님을 뵐 수 있도록 해드리고 싶었다. 우다이는 왕에게 말했다.

"왕이시여, 저의 출가를 허락해주십시오. 출가를 허락하시면 부처님을 기꺼이 모셔오겠습니다."

"출가하는 거야 너의 자유다. 부처님을 만나게만 해다오."

우다이는 라지기르의 죽림정사로 갔다. 그때 부처님은 대중에게 설법을 하고 계셨는데, 우다이는 그 설법을 들으면서 환희심을 일으켜 출가할 결심을 했다. 우다이는 부처님께 절하고 말씀드렸다.

"부처님이시여, 저를 기억하십니까? 부처님과 어린 시절을 함께 보낸 우다이입니다. 저도 부처님께 귀의하여 출가하고 싶습니다."

"어서 오라, 친구여. 참으로 반갑구나. 그래 이게 얼마 만인가?"

이렇게 해서 우다이도 부처님의 출가 제자가 되었다. 그 당시 부처님의 제자 중에 우다이라는 이름을 가진 사람이 세 명이나 있었기 때문에, 이후에 그는 칼루다이라고 불렸다. 피부가 검어서 붙여진 이름이었다.

석가족의 출가자들이 숫도다나 왕의 바람을 잊어버린 반면에 칼루다이는 부처님께 숫도다나 왕의 소원을 말할 기회를 찾고 있었다. 수확철이 되자 백성들의 살림이 풍족해졌다. 마침 대풍이었다. 칼루다이는 먹을거리가 넉넉할 때 부처님과 제자들이 고향을 방문하는 것이 좋겠다고 생각했다. 칼루다이는 부처님께 이렇게 말씀드렸다.

"부처님이시여, 이제는 부처님의 고향 사람들에게도 법을 나누어 주실 때입니다. 특히 부처님의 부모가 부처님을 간절히 기다리고 있습니다. 그들에게도 법은을 내려주십시오."

"칼루다이여, 참으로 효심이 지극하구나. 당연히 그래야겠지. 나도 때를 기다리고 있었느니라."

부처님도 고향이 몹시 그리웠지만, 고향이 그만큼 교화하기 어려운 곳임을 잘 알고 있었다. 칼루다이의 권유로 부처님은 고향 방문과 전법에 확신을 갖게 되었다. 칼루다이는 비구들에게 부처님이 고향으로 여행을 떠난다는 것을 알렸다. 부처님은 마가다국의 비구 1만 명과 카필라국 출신의 비구 9000명과 카사파 형제와 함께 출가한 천 명의 비구 등 2만 명의 아라한(阿羅漢)을 데리고 카필라국을 향해 길을 떠났다. 그들은 두 달을 여행하여 카필라국에 도착했다.

그렇게 해서 도착한 곳이 지금의 쿠단이다. 부처님이 왕궁으로 바로 오지 않자 숫도다나 왕과 마하파자파티 왕비가 니그로다 숲에 와서 부처님을 친견했다. 그들이 상봉하는 모습이 눈에 선하다. 부처님은 피를 나눈 혈족이라 해서 특별히 대하지는 않으셨다. 이곳의 스투파 중 하나는 마하파자파티가 부처님께 가사를 공양한 것을 기념하여 세운 스투파라는 설도 있다.

마하파자파티는 부처님께 공양하기 위해 손수 가사를 짰다. 황금을 입혀서 참으로 아름다운 그 가사를 마하파자파티는 부처님께 드리고 싶었다. 왕비는 누구의 손길도 거치지 않고 스스로 옷감을 짜고 바느질하여 가사를 만들었다. 가사를 곱게 접어 가지고 온 왕비는 부처님께 가사를 바쳤다.

"부처님이시여, 이 어미가 정성을 다해 금란가사(金襴袈裟)를 만들었습니다. 부디 이 옷을 입으시고 만백성에게 큰 은혜를 베푸십시오."

"어머니, 이 가사를 우리 승가에 공양하시지요."

"오직 부처님만을 생각하고 지은 가사입니다. 부디 부처님께서 입으시옵소서."

"아닙니다. 승가에 공양하시는 편이 공덕이 더 큽니다."

그렇게 해서 금란가사는 승가에 바쳐졌다. 나는 부처님의 손길을 생각하며 스투파를 돌고 또 돌았다. 스투파 꼭대기에는 시바(힌두교에서 파괴의 신)의 짤막한 링가(힌두교에서 모시는 남성 성기 모양의 신상)가 모셔져 있었다. 한때 불교가 자취를 감추었다가 오늘에야 복원되고 있음을 말해주는 징표였다.

쿠단에 이어서 간 고티하와는 과거칠불(過去七佛) 중 네번째 부처님이시고 현겁의 첫번째 부처님이신 구류손불의 탄생지다. 그곳엔 텃밭처럼 생긴 유적지가 있었다. 우리가 도착하자 온 마을 사람들이 나와서 낯선 사람들을 구경했다. 도문 스님이 사탕 봉지를 들고 나오자 어린아이들이 빙 둘러쌌다. 스님은 어린아이들에게 사탕을 몇 개씩 나누어 주셨다.

구류손불은 쉬리습나무 아래서 4만 세 때 성불했다. 키는 13.2미터나 되었다 하니 참 상상하기 힘들지만, 우리의 세계에 아무런 흔적도 보여주지 않는 머나먼 과거에는 인간이 그렇게 키가 컸는지도 모르겠다.

고티하와에 이어서 카필라바스투에 갔다. 카필라바스투는 중요한 지역으로 좀 더 부각되었으면 하는 곳인데, 아직은 인가도 드문 오지에 속한다. 궁궐의 성터로 보이는 벽돌의 흔적만 뚜렷하다. 성터의 곳곳을 둘러보았다. 싯다르타는 동서남북에 나 있는 저 문을 거쳐 성밖으로 나갔다. 성안에서 호화로운 생활을 하던 싯다르타였지만, 그는 본래 붓다가 되기 위해 이 세상에 온 사람이었다. 그의 마음속에서 구도에 대한 열망이 솟아오른 것은 당연했다.

숫도다나 왕은 싯다르타가 출가할 생각을 하지 못하도록 오직 아름답고 편안하고 즐거운 것들만 볼 수 있도록 했다. 출가하고자 하는 마음은 아무래도 세상의 아픔을 확인했을 때 솟아오를 것이었기 때문이다. 그러나 인간의 고통이란 살아 있기에 생기는 것, 생명이 있는 곳에서 어찌 아픔을 경험하지 않을 수 있겠는가. 전설에 따르면, 싯다르타는 동문으로 나가서 노인을 만나 늙음의 고통을 보았고, 남문으로 가서 병든 사람을 보았으며, 서문으로 가서 죽은 사람을 보았다고 한다. 마지막으로 북쪽으로 가서 출가 사문(沙門)을 만난 후 출가를 결심하게 된다.

별이 빛나는 밤이었다. 연회가 끝난 후 채 정리되기도 전에 사람들은 잠이 들었다. 잠들지 않은 사람은 싯다르타밖에 없었다. 그는 밤하늘을 올려다보았다. 오늘따라 별이 유난히 가까웠고 눈물을 머금고 있는 듯이 보였다. 그는 이제 이 성을 떠나야겠다고 생각했다. 그의 나이 29세였으니, 참으로 오랜 세월 본분을 망각하고 산 셈이었다. 이제는 아들 라훌라도 낳았으니 자신이 궁궐을 떠난다 해도 문제가 없을 것이었다. 라훌라가 출가의 길을 방해한다고 생각했는데, 오히려 그 길을 가는 정당성을 제공한 셈이었다. 싯다르타는 태자비 야소다라의 방에 가서 아내와 아들의 얼굴을 바라보았다. 그러고는 발길을 돌려 마부 찬다카를 조용히 깨웠다. 찬다카는 깜짝 놀라서 태자의 얼굴을 쳐다보았다.

"태자님, 이 밤중에 어인 일이십니까?"

"조용히 해라. 어서 나가서 칸타카에게 안장을 얹어라. 함께 갈 곳

숫도다나 왕과 마야 왕비의 스투파.

카필라 성의 동문 부근.

이 있다."

찬다카가 태자의 애마 칸타카를 데리고 오자 태자는 말에 올랐다. 그들은 조용히 밤길을 걸어갔다. 동쪽 하늘에 붉은 기운이 돌 무렵, 그들은 국경 근처에 도착했다. 앞에 있는 강을 넘으면 말라족의 땅이었다. 말에서 내린 싯다르타는 찬다카와 칸타카에게 말했다.

"이제 너희들과 작별 인사를 해야겠구나."

싯다르타는 몸과 옷을 치장한 장신구를 모두 풀었다. 그것들을 찬다카에게 건넸다.

"이것들을 부왕과 왕비, 태자비에게 전해라."

싯다르타는 화려한 옷을 벗고 낡은 옷으로 갈아입은 후 마지막으로 황금 신발을 벗어서 찬다카에게 주었다.

"이제 나는 태자가 아니다. 출가 사문이 되어 진리를 찾으련다. 반드시 생로병사를 여읜 붓다가 되겠다."

"태자님, 제가 이대로 궁궐로 돌아간들 태자님을 막지 못한 죄로 살아남지 못할 것입니다. 저도 태자님을 따르겠습니다."

"아니다. 부왕께서는 너를 이해해주실 거다. 나는 나를 낳아주신 어머니와 불과 이레 만에 이별했다. 만나면 반드시 헤어지게 되어 있단다. 부디 이 말을 궁궐에 가서 전해다오."

싯다르타는 찬다카와 칸타카를 한 번씩 껴안고는 발길을 돌렸다. 기원전 595년 음력 2월 8일의 일이었다.

싯다르타의 어린 시절과 출가의 흔적이 남아 있는 곳, 카필라 성은 외로웠다. 이곳이야말로 내게는 매우 중요한 곳이다. 이곳에서 결국 부처님의 출가 정신이 싹튼 것이 아닌가? 근처에 숫도다나 왕과 마야 왕비, 마하파자파티 왕비의 스투파가 있고, 싯다르타 태자의 애마 칸타카의 스투파도 있다. 싯다르타 태자가 출가한 후 칸타카는 먹이를 먹지 않다가 결국 세상을 떠났다고 한다. 훗날 사람들이 칸타카의 충성심을 높이 사 스투파를 만들었다고 한다.

싯다르타가 남기고 간 야소다라 태자비를 생각하지 않을 수 없다. 그녀야말로 남편을 얼마나 기다렸을까? 싯다르타가 출가한 후 야소다라는 화려한 옷을 벗고 장신구도 하지 않았으며, 기름진 음식도 먹지 않았다. 그녀 또한 출가한 사람처럼 검소한 생활을 했다.

숫도다나 왕이 식사 공양을 위해 부처님을 궁으로 초대했을 때 야소다라는 옛 남편을 볼 수 있었을 것이다. 야소다라는 부처님을 원망했을까? 그렇지 않았던 것 같다. 원망하는 마음이 아예 없지는 않았겠지만, 그녀는 남편이 진정으로 옳은 길을 선택했다고 생각했다. 야소다라는 아들 라훌라에게 말했다.

"라훌라야, 네 아버지는 세상 사람들이 추앙하는 부처님이시란다. 너는 그분의 아들이다. 그러니 너는 그분에게 큰 재산을 상속받아야 할 것이다. 아버지에게 가서 재산을 물려주시라고 청해라. 절대 물러서서는 안 된다."

라훌라는 아버지에게 가서 말했다.

"아버지, 제게 아버지의 재산을 물려주십시오."

"아들아, 내게 무슨 재산이 있다고 그러느냐? 궁궐에 있으면 더 많은 재산을 상속받을 것이다."

"아닙니다. 저는 아버지의 재산을 물려받고 싶사옵니다. 어머니가 물러서지 말라고 하셨습니다."

부처님은 니그로다 숲에 와서 사리풋타에게 말했다.

"이 아이가 아버지의 재산을 물려달라고 하는구나. 이 아이의 머리를 깎아주어라."

이렇게 해서 사리풋타는 라훌라의 은사 스님이 되었고, 라훌라는 최초의 사미승이 되었다. 그때까지는 어린 소년은 한 명도 출가하지 않았었다.

카필라바스투 일대를 도는 것은 기나긴 세월을 한꺼번에 사는 것과 같았다. 그곳에는 석가족의 역사가 있었다. 사가르하와는 특히 슬픈 곳이다. 코살라국의 국왕 비루다카가 카필라바스투를 공격하여 석가족은 멸망했다. 많은 석가족 백성들이 사가르하와의 호수에서 몰살당했다.

석가족의 마지막 왕 마하나마는 백성들이 죽임을 당하는 것을 보고 비루다카에게 간청했다.

"이보시오! 무고한 백성들이 죽어가는 것을 차마 볼 수가 없소. 내가 물속에 들어가 있겠소. 물속에서 숨을 참는 동안만 백성들 죽이는 일을 멈춰주시오."

"좋소! 그렇게 해보시오. 얼마나 참는지 두고 보리다."

마하나마 왕은 물속에 들어가 버드나무 뿌리에 자신의 몸을 묶었다. 비루다카 왕은 마하나마 왕이 올라오기를 기다렸지만 아무리 기다려도 마하나마 왕은 물속에서 나오지 않았다. 비루다카 왕이 부하를 시켜 물속에 들어가 보게 했다. 부하는 마하나마 왕이 버드나무 뿌리에 다리를 묶고 숨져 있는 것을 발견했다.

석가족의 멸망이 부처님이 살아 계신 동안이었으니 부처님의 슬픔이 어떠했을지는 짐작하고도 남음이 있다. 석가족의 멸망에는 무서운 카르마가 있었다. 코살라국의 국왕이었던 파세나디는 석가족의 공주와 혼인하고 싶어 했다. 그러나 석가족은 용모가 뛰어난 하녀의 딸 아사밧캇티야를 공주라고 속여서 혼인시켰다. 파세나디 왕과 아사밧캇티야 사이에서 태어난 아들이 비루다카 왕이었다. 왕자 시절, 비루다카가 외가에 온 적이 있었다. 이웃 나라의 왕자로서 융숭하게 대접받을 줄 알았는데, 석가족 사람들은 자신을 노예의 아들이라고 멸시했다. 출생의 비밀을 알게 된 비루다카는 왕이 되면 반드시 복수하겠다고 다짐했다.

왕이 된 비루다카는 군사를 일으켜 석가족을 향해 진군했다. 가는 길에 가지도 없고 이파리도 없는 고목나무 아래 부처님이 앉아 계신 것을 보았다. 비루다카는 부처님께 여쭈었다.

"부처님, 왜 나뭇가지도 없고 이파리도 없는 나무 아래 앉아 계십니까? 덥지 않으십니까? 저 옆에는 잎이 무성하여 그늘이 시원한 나무도 많은데요?"

"친족이 없다면, 나뭇가지나 이파리가 없는 나무 아래 있는 것과 어찌 다르겠습니까? 오늘 친족들이 위험에 처했기에 가지도 없고 이파리도 없는 고목나무 아래 앉아 있는 것입니다."

비루다카와 그의 군대는 발길을 돌렸지만, 비루다카의 분은 풀리지 않았다. 그는 다시 군사를 일으켰고, 그때도 역시 부처님을 보고 회군했다. 그러나 비루다카는 끝내 카르마의 무서운 굴레를 벗어나지 못했다. 석가족을 멸망시킨 비루다카는 오래 살지 못했다.

석가족의 멸망 소식을 들은 부처님은 비구들에게 "비루다카 왕은 앞으로 이레 후에 불에 타 죽을 것이다"라고 예언했다. 그 소식을 들은 비루다카 왕은 몹시 두려워졌다. 이레째가 되자 그는 불이 붙을 염려가 없는 물 위에 있어야겠다고 생각했다. 그는 궁녀들에게 명령하여 연못에 배를 띄우고 연회를 벌였다. 연못 한가운데에서 불이 날 염려는 전혀 없으리라고 생각했다. 물론 불을 붙이는 도구도 배 안에 일절 가져오지 않았다. 그런데 인근 풀밭에서 불길이 일더니 바람이 불씨를 가져와 배에 불을 붙였다. 비루다카 왕은 무간지옥으로 떨어지고 말았다.

부처님의 신통력이라면 석가족을 구원하고 비루다카 왕을 물리쳤을지도 모른다. 그런데 부처님은 그렇게 하지 않았다. 무슨 뜻일까? 부처님은 석가족의 후예임이 분명하지만, 그는 인류를 구원할 붓다로 온 것이지, 석가족을 구원할 붓다로 온 것이 아니었다. 만약 붓다가 석가족을 구원하기 위해 비루다카 왕을 물리쳤더라면, 복수는 복수를 낳는다는 자신의 교의조차 설득력이 없어졌을 것이다. 이러한 부처님의 태도는, 불교야말로 진정한 평화의 종교임을 알려준다. 종교 간 · 국가 간 치열한 싸움이 계속되고 있는 와중에 우리는 붓다의 생애가 주는 가르침을 다시 한 번 상기해볼 일이다.

석가족의 멸망을 담은 사가르하와의 연못은 조용했다. 연못 주위에는 버드나무가 머리를 풀고 울고 있었지만, 울음소리는 없었다. 풀꽃들은 해맑은 표정으로 미소를 지어 보였다. 살아남은 석가족들은 카트만두와 상카샤 등지로 가서 살았다고 전해진다.

사가르하와가 너무도 슬픈 전설을 들려주어서 내 마음이 착 가라앉았는데, 돌아오는 차 안에서 도문 스님의 재미있는 법문을 들으니 오늘 하루가 참 즐거웠다는 생각으로 바뀌었다. 그분들과 함께했던 카필라바스투 순례는 결코 잊지 못할 것이다.

02

—

깨달음의 땅
보드가야

지금 이 순간 당신의 사랑은 완벽합니다.
당신과 내가 둘이 아닌
하나가 된 순간
그리하여 둘이기도 한 순간
사랑하는 이를 더욱 사랑하는 방법을
알았습니다.
사랑하지 않는 이를 미워하지 않는 방법을
알았습니다.

그런데 나의 사랑을
방해하는 이가 있어요.
미워하지 않는 사랑은 거짓이라고
말하면서
질투하지 않으면 죽은 것이라 말하면서
사랑을 방해하는 이가 있어요.

아무리 방해해도
당신을 아는 이 황홀함!
당신을 아는 이 황홀함!
멈출 수 없습니다.

보드가야 가는 길

■ 2008년 1월 26일(토)

보드가야야말로 진정한 성지다. 싯다르타가 깨달음을 얻어 부처님이라 불릴 수 있는 근거를 마련한 곳이 이곳이고, 깨달음을 얻기 위해 가장 오랫동안 정진했던 곳도 이 지역이다. 첫 교화에 성공한 후 본격적인 전법을 위해 돌아온 곳도 보드가야 인근이다.

나는 바라나시에서 기차를 타고 가야까지 왔다. 깨달음을 얻은 석가모니가 첫 설법을 위해 걸어갔던 길을 역으로 밟은 셈이고, 첫 교화에 성공한 후 다시 본격적으로 전법의 길을 위해 밟은 길을 따라온 셈이다. 석가모니는 맨발이었을까? 혹시 마차를 얻어 타기도 했을까? 그는 가끔씩 강물에 발을 담그며 지친 발에게 감사를 표시했으리라. 그 발의 역할을 지금은 기차가 하고 있다. 그리 생각하니 기차가 한없이 고마워진다. 안개는 별로 춥지 않은 인도의 겨울을 두껍게 감싸고 있다.

안개를 뚫고 마침내 기차는 가야에 도착했다. 가야, 많이 들어본 이름이다. 우리의 고대 왕국 가야가 이곳과 무슨 관계가 있을까? 가야의 시조 김수로 왕의 부인이 아요디아(아유타 阿踰陀) 왕국의 공주 허황옥이라면, 인도의 가야와 우리의 가야가 아무 상관도 없진 않을 것이다. 지금 내가 머물고 있는 가야의 조그만 마을에서 붓다가 깨달음을 얻었다. 그러나 느지막이 도착한 어두운 가야는 막막했다. 밤늦게 변변한 먹을 것을 찾기도 힘들고 방이 남은 숙소도 거의 없었다.

가야 역 근처에 호텔이 몇 군데 있었는데, 그중 아자타샤트루 호텔에 방이 하나 있었다. 침대가 두 개밖에 없어서 한 사람은 간이침대를 써야 한다고 했다. 호텔 이름도 희한하다. 아자타샤트루는 아버지 빔비사라 왕을 죽인, 악명 높은 마가다국의 왕이다. 나중에 죄를 뉘우치고 부처님께 귀의하긴 하지만, 그런 패륜아를 호텔 이름으로까지 사용할 건 뭐람. 어쨌든 내일이면 부처님의 보리수를 만나고 수자타 마을 앞의 아름다운 네란자라 강을 만날 수 있다.

다음 날 아침 시외버스를 타고 보드가야로 갔다. 시골 버스의 먼지와 향기는 정겹다. 사람들의 시선은 낯선 외국인에게 쏠려 있다. 보드가야는 몰라보게 달라져 있었다. 6년 전만 해도 시골 마을이었는데, 지금은 사람들이 북적북적한 국제도시가 되어 있었다.

나는 인도 음식에 적응하지 못한 일행을 위하여 한국 음식점을 찾았다. 보드가야의 한국 음식점이라면 6년 전에 몇 끼의 식사를 해결했던 '보드베거스' 가 있었다. 어린 소녀가 만드는 미역국이 일품이었는데, 그 소녀도 지금은 20대 처녀가 되었겠다. 보드베거스를 찾으려고 경찰서 근처를 뒤졌으나 이미 사라지고 없었다. 6년 전에 싼 가격으로 묵었던 '샨티 게스트하우스' 도 없어졌다. 당시 샨티 게스트하우스는 새로 지은 건물이면서도 허술하여 방으로 쥐가 드나들었다.

이제 거의 도시의 모습을 갖춘 보드가야를 어떻게 보아야 할까? 나는 반가운 일이라고 생각한다. 한 위대한 성인의 흔적을 만나기 위해 세계 곳곳의 사람들이 이곳을 찾아온 덕분이니까. 그들은 모두 붓다의 깨달음을 한번쯤 생각해볼 것이다. 그러기 위해 이렇게 많은 사람들이 오는 것이고, 많은 사람들이 오다보니 자연스럽게 대도시가 되어가고 있는 것이다.

지도를 보고 헤매다가 결국 버스 정류장 근처에 있는 소박한 숙소, '딥 게스트하우스(Deep Guest House)'에 들어갔다. 숙소 복도로 나오면 아름다운 네란자라 강이 보이고 저 멀리 전정각산(둥게스와리)이 보였다. 나는 화장실과 목욕탕이 밖에 있는 방을 선택했다. 방 안에 아무것도 없으니 단출하고 편안했다. 깨끗하게 청소된 방이 더없이 마음에 들었다. 최소한 붓다의 성지에서만큼은 단순한 방에서 자고 싶었다.

나는 넓은 모래사장과 긴 물줄기와 강을 건너는 소와 사람들이 한가한 네란자라 강을 바라보았다. 긴 다리를 건너면 수자타 마을이다. 네란자라 강에는 많은 소가 강물을 마시거나 편안하게 강바람을 즐기고 있었다. 사람들은 소들과 한가족처럼 자연스럽게 섞여서 강을 건너거나, 목욕하거나, 꿈을 꾸거나, 아무 생각도 하지 않았다. 소들의

한없이 평화롭고 고요한 네란자라 강.

강에서 소 세 마리가 노니는데, 소의 등과 머리에 새가 앉아 있다.

등에서는 가마우지가 빈대를 잡아먹고 있었다.

조용히 보드가야에서 만날 것들을 생각해보았다. 부처님이 깨달음을 얻은 후 선정(禪定)에 들었던 보리수를 중심으로 만든 사원인 마하보디 사원, 부처님께 우유죽을 공양한 처녀 수자타가 살았던 수자타 마을, 부처님이 보리수 밑에 오기 전에 마지막 깨달음의 장소로 선택했었던 전정각산, 한국 절 고려사, 그리고 이 일대에서 출토된 유물들을 전시하고 있는 박물관 등을 볼 생각이다.

■ 2001년 10월 28일(일)

두르가 축제가 끝나가는 시점이었다. 점심을 먹고 박물관에 갔다. 특별한 유물은 없었지만, 울타리로 사용했던 돌들에 새겨진 부조가 볼 만했다. 거기에는 당시의 생활상과 풍속을 짚어볼 수 있는 그림이 그려져 있었다. 연꽃, 코끼리, 다양한 옷차림을 한 사람들, 보리수 사이에서 기도하는 사람들, 바둑 두는 노인, 술 마시며 여흥을 즐기는 사람들의 모습이 정겨웠다. 이 그림들을 통해 나는 당시에 도르래를 사용해 우물에서 물을 길어 먹었다는 것을 알 수 있었고, 인어에 대한 전설도 있었음을 알게 되었다. 오늘날의 인도 사람들처럼 그때 사람들도 동물들과 무척 친숙해 다양한 표정을 지으며 개와 산양과 말과 코끼리와 대화를 나누고 있었다.

야외 전시장에서 구경을 하고 있는데, 경비 아저씨가 와서 한국 펜

이 있느냐고 물어본다. 경비 아저씨면 그래도 공무원인데, 외국인에게 싸구려 펜을 얻는 것이 이해가 가지 않았다. 나는 내가 쓰고 있는 펜 하나를 주었다. 당신은 불교에 대해 좀 아느냐고 물었더니, 그는 자신은 부디스트라고 말했다. "힌두스탄이자 부디스트겠지?" 하고 물었더니, 역시 그렇다고 했다.

박물관을 나와서 마하보디 사원 앞에서 코카콜라를 마시며 어두워져가는 시간을 바라보았다. 시간은 아주 단순한 형태로 자신이 살아있음을 증명해 보인다. 두르가 축제가 끝나 두르가 상을 철거하면서 사람들은 마을을 한 바퀴 돌고 있었다. 풍악을 울리면서, 노래를 부르면서 그들은 축제의 끝자락을 아쉬워했다. 축제를 통해 이들은 마음을 정화시키고 새로이 살아갈 힘을 얻는 듯했다. 조용한 것을 좋아하는 우리들의 종교 관습과는 맞지 않지만, 어쨌든 나름의 방식으로 종교적인 엑스터시에 도달하는 것이 이들의 꿈이었다.

거지들이 또 가까이 다가와서 손을 내밀었다. 하체가 없는 친구가 저 멀리서부터 제법 빠른 속도로 기어 와 구걸했다. 돈을 주고 싶어도 줄 수가 없다. 한 거지에게 주면 더 많은 거지들이 몰려오기 때문이다. 그래도 못내 가슴이 아파서 다리가 없는 사람에게 아무것도 안 줄 수는 없었다. 또 한 녀석이 와서 콜라를 달라 한다. 부처님이 이곳에서 깨달음을 얻던 때는 매우 조용했으리라. 그러나 부처님 덕분에 이곳은 매우 혼잡해졌다.

■ 2008년 1월 28일(월)

한국 절 고려사에 갔다. 보드가야 시내에서 한 2킬로미터 걸으면 한적한 마을에 우리의 절이 있다. 이곳 도미토리에서 묵고 싶기도 했지만, 일행 가운데 절에서 자는 것을 원치 않는 사람이 있어 이번에는 포기했다.

고려사의 옥상은 햇살을 즐기기에 참 좋다. 아니, 마당에서도 얼마든지 한가하게 햇살을 즐길 수 있다. 물론 12월부터 2월까지, 겨울에 해당하는 계절에만 그렇다. 6년 전에 만났던 원만 스님이 생각났다. 이곳에서 원만 스님과 만나 한가하게 방담하곤 했다. 부엌에서 일하는 알람이라는 친구와 함께 음식을 만들기도 했다.

지배인이라고 자신을 소개한 제법 건장한 청년이 있었다. 덩치가 너무 커서인지 좀 거만하게 보였다. 그는 나이키 신발을 신고 있었다. 와, 좋은 신발 신고 있다고 감탄했더니, 녀석은 "명색이 한국 절의 지배인인데, 이 정도 신발은 신어야 하지 않겠어?"라고 말했다. 한국 절의 지배인이면 오히려 검소해야 하는 게 아닐까? 어이없었지만 나는 화제를 돌렸다. 예전에 주방에서 일했던 알람이라는 소년은 어디 있느냐고 물었더니, 도시로 떠났다고 했다. 원만 스님은 강 건너 수자타 마을 입구에 여래선원이라는 이름의 절을 짓고 사신다고 했다.

마당에는 거사 한 분이 햇살을 담뿍 받으며 단잠을 주무시고 계셨다. 마침내 그분이 일어나자 나는 통성명을 했다. 고진면 선생님이었다. 룸비니에서부터 스라바스티, 쿠쉬나가르, 바이샬리, 라지기르 등

원만 스님이 계시는 여래선원 전경.

보드가야의 시장 풍경.

을 거쳐 여기에 오셨다 한다. 고진면 선생님 덕분에 교통 사정이 열악한 불교 성지를 가는 정보를 얻을 수 있었다. 나는 지난 여행 때 가지 못했던 바이샬리가 특히 궁금했다.

깨달음을 얻기 전에 오른 산, 둥게스와리

■ **2008년 1월 27일(일)**

아침 일찍 둥게스와리로 출발했다. 오토 릭샤를 250루피 주고 가기로 했다. 둥게스와리는 지난 여행 때 가지 못했기에 오랜 동안의 숙원이었다. 숙소나 수자타 마을에서도 둥게스와리가 보였는데, 그것은 머나먼 전설 같은 흰 빛깔이었을 뿐, 도대체 현실로 보이지 않았다. 나는 한역 경전에 나오는, 싯다르타가 수도했다는 설산(雪山), 부처님의 일대기를 그린 팔상도(八相圖) 중 〈설산수도상(雪山修道相)〉의 설산이 바로 이 산이라고 생각했다.

싯다르타가 깨달음을 얻기 전에 오른 산이라 해서 전정각산(前正覺山)이라 불리는 둥게스와리는 몇 개의 봉우리를 가진 척박한 돌산이다. 위에 있는 봉우리들을 잘 살펴보면 그것들이 스투파임을 알 수 있다. 이 스투파들은 아쇼카 왕이 세웠다고 한다.

싯다르타가 강에서 목욕하고 처녀 수자타의 공양을 받아들이는 것을 본 다섯 비구가 바라나시로 떠나버린 후, 싯다르타는 최후의 깨달음의 장소로 이 산을 선택했다. 싯다르타는 동북쪽 언덕을 올라 정상에 올랐다. 그때 천지가 진동하면서 산이 크게 흔들렸다. 깜짝 놀란 산신이 주위를 살펴보니 곧 깨달음을 성취할 성자가 올라오고 있었다. 산신은 싯다르타에게 말했다.

"이 산은 깨달음을 여는 데 적당한 곳이 아닙니다. 이곳에서 깨달음의 삼매에 드시면 내륙에서는 지진이 일어나고 바닷가에서는 해일이 일어나는 등 재해가 발생할 것입니다."

그러나 싯다르타는 아직 확신할 수 없었다. 깨달음을 얻는 순간, 그 장소는 최고로 아름다운 곳이 되는 것 아닌가? 자신의 판단을 믿은 싯다르타는 서남쪽으로 조금 내려가 보았다. 중턱의 벼랑 밑에 바위굴이 있었다. '옳지, 바로 여기가 안성맞춤이로구나!' 그는 어두운 석실을 헤치고 천천히 들어가 가부좌를 틀었다. 그러자 또다시 대지가 뒤흔들리고 우박이 내렸고, 엄청난 굉음이 세상을 부서뜨릴 것 같았다. 그때 브라흐마 신의 목소리가 들려왔다.

"성자시여, 보드가야의 보리수 아래 금강좌로 자리를 옮기십시오. 그곳이 부처님이 성도하실 곳입니다."

브라흐마 신은 붓다가 가는 길의 중요한 지점마다 항상 나타난다. 이번에도 예외 없이 브라흐마 신은 부처님이 깨달음의 삼매에 들 장소를 알려주었다. 과거불들의 생애를 보면 모든 부처님이 나무 아래

수자타 마을에서 바라본 전정각산의 모습.

전정각산 초입에 도열해 있는 거지들.

에서 깨달음을 얻었음을 확인할 수 있다. 석가모니 부처님도 나무 아래를 선택하는 것이 일반적인 법칙이었을 것이다.

싯다르타가 자리에서 일어서자 굴속에 살고 있던 용이 "제발 이곳에서 깨달음을 열어주시어 제게도 법은을 주십시오"라고 말하며 간청했다. 싯다르타는 용의 소망을 들어주기 위해 자신의 그림자를 남겨두고 떠났다. 이 굴은 부처님의 그림자가 머물렀다 하여 유영굴(留影窟)이라 불렸다.

보드가야에서 아침 8시에 출발하니 9시쯤 둥게스와리에 도착했다. 릭샤에서 내리자마자 동전 꾸러미를 파는 사람들이 다가왔다. 동전을 100루피에 사서 아이들에게 나누어 주라는 것이었다. 거지들이 전정각산을 오르는 길 끝까지 도열해 있었다. 제법 장관이었다. 저 동전을 산다 하더라도 골고루 나눠 주기에는 애당초 틀린 일이었다. 조금 더 가니 이번에는 사탕 파는 사람들이 달려들었다. 멀쩡한 어른들이 아이들을 거지로 만들고 있는 것처럼 보였다. 아니, 거지들 중에는 어른들도 많았다.

둥게스와리는 척박한 산이었다. 돌멩이가 많고 나무는 그리 많지 않았다. 이 산은 시체를 버리는 곳이었다고 한다. 옛날, 화장할 돈도 없는 가난한 사람들은 가족이 죽으면 시체를 이곳에다 버렸다. 마지막 가는 길이었던 만큼 금색 천으로 덮었다. 싯다르타는 시체를 덮던 금색 천을 주워서 옷을 해 입고 수행했다.

이 봉우리 저 봉우리를 옮겨 다니며 나는 주위를 골고루 돌아보았다. 네란자라 강줄기를 따라 군데군데 마을이 있었다. 작은 산이지만

부처님의 그림자가 머물렀다는 유영굴에 모셔진 불상.

바위가 많아 제법 험했다. 이윽고 유영굴로 갔다. 그곳에는 두네스리 사원이라는 티베트 사원이 있었다. 티베트 사람들이 그곳에 모여 절을 올리고 있었다. 한쪽에서는 수많은 촛불을 켜서 부처님께 공양하고 있었다. 이곳이 바로 부처님께서 좌정하신 곳이다. 나의 눈에는 부처님의 그림자가 보이지 않았다. 대신 불상이 있었다. 그 불상이 곧 부처님의 그림자 아니겠는가. 수자타 마을과 보드가야 대탑을 바라보다가 눈을 감았다. 굴속에서 살고 있는 용이 나를 물끄러미 바라보고 있는 것 같았다.

이리저리 돌아보느라 목이 말라 물을 사 먹었다. 무려 세 시간을 둥게스와리에 머물렀다. 전정각산 바로 밑에 수자타 아카데미가 있는데, 그곳에 들를 시간이 없었다. 정토회에서 가난한 인도인들을 위해 만든 학교다. 가난한 인도 사람들에게 부처님의 말씀을 일깨워주고 있는 신심 돈독한 그곳 관계자들에게 그저 응원의 박수만 보냈다. 다음에는 꼭 수자타 아카데미에 들를 생각이다.

여행하다보면 뒤늦게야 중요한 곳을 빠뜨렸다는 것을 확인하게 된다. 전정각산 못지않게 중요한 산이 가야산, 또는 코끼리 머리처럼 평평한 바위가 있다 해서 상두산(象頭山)이라 불리는 바로 그 산이다. 현지인들은 힌두교식 이름을 붙여 '브라흐마주니'라 부른다. 바위에 비슈누의 발자국이 새겨져 있어 힌두교의 성지이기도 한 곳이다. 지금은 천 개의 계단을 오르면 산꼭대기에 오를 수 있다. 이곳이 바로 라지기르를 떠나 가야로 온 싯다르타가 맨 처음 수도한 산이다. 그렇다면 이 산이야말로 싯다르타가 오랫동안 고행했던 바로 그 설산이다. 전정각산에서 얼마 되지 않는 거리에 있었지만 나는 그곳에 갈 엄두를 내지 못했다. 다만 전정각산에서 멀리 있는 그 산을 바라보았을 뿐이다.

깨달음의 길이 도대체 보이지 않았던 싯다르타는 가야산 꼭대기에 올라 나무 아래 풀을 깔고 앉았다. 자, 이제 이곳에서 다시 시작해보자. 고통의 원인인 번뇌와 속박을 끊기 위해서는 어떻게 해야 할까? 앉으나 서나 걸으나 한 가지 생각에만 몰두해도 명쾌한 답이 나오지 않았다. 가야산에서 완전한 깨달음을 얻지 못한 싯다르타는 고통의 원인을 밝히고 그것을 제거하는 방법을 배우기 위해 더욱더 극심한 고행을 해야겠다고 생각했다. 그는 우루빌라를 향해 길을 떠났다.

> 카르타고로 그때 나는 왔다
> 불이 탄다 탄다 탄다 탄다
> 오 주여 당신이 저를 건지시나이다
> 오 주여 당신이 건지시나이다
> 탄다
>
> — T. S. 엘리엇, 〈황무지〉에서

엘리엇의 시 〈황무지〉의 제3부 '불의 설교'를 우리는 기억한다. 이 불의 설교의 무대가 바로 가야산이다. 서양에서는 붓다의 불의 설교를 예수의 산상수훈에 비견한다. 붓다는 그때 배화교에서 개종한 천 명의 비구를 데리고 라지기르로 가고 있었다. 가야산을 넘어가다가 잠시 쉬던 때였다. 아래를 굽어보시던 붓다가 말씀하셨다.

"온 세상이 불타고 있다."

불이라면 배화교도였던 카샤파 삼형제가 그야말로 전공자가 아니던가. 맏형인 우루빌라카샤파가 붓다에게 합장하고 여쭈었다.

"온 세상이 불타고 있다니, 무슨 말씀이신지요? 제 눈에는 불이 보이지 않습니다."

붓다는 미소 지으며 말했다. 조계종 교육원에서 펴낸《부처님의 생애》에 붓다의 말씀이 멋지게 재현되어 있다.

"온갖 망상이 부싯돌을 쳐 어리석음의 검은 연기가 피어오르고 있지 않느냐? 너희들 스스로를 잘 관찰해보아라, 비구들이여! 모든 것이 타고 있다. 눈이 타오르고 있고, 눈에 비치는 형상이 타오르고 있고, 형상을 인식하는 생각도 타오르고 있고, 눈으로 보아 생기는 즐거움도 괴로움도 모두 타오르고 있다. 그렇게 타오르는 불은 곧 탐욕의 불, 성냄의 불, 어리석음의 불이다. 잘 보이지 않느냐? 탐욕의 불, 성냄의 불, 어리석음의 불로 인해 늙음의 불, 질병의 불, 죽음의 불, 걱정의 불, 슬픔의 불, 고통의 불, 번뇌의 불이 치솟고 있는 것이다. 그러한 불길이 귀에서도 코에서도 혀에서도 몸에서도, 나아가 마음에서도 훨훨 타오르고 있다.

비구들이여, 이와 같이 관할 수 있는 비구는 눈에 대해서도, 눈으로 보는 빛깔과 형상에 대해서도, 눈과 대상에 대해서도, 그 접촉에서 생기는 즐겁고 괴로운 느낌에 대해서도 집착하지 않는다. 그들은 집착을 벗어나 마음의 해탈을 얻는다.

탐욕의 불, 성냄의 불, 어리석음의 불에서 벗어나 마음이 해탈한 이는 '나는 이미 해탈했다'고 자각하게 될 것이다. 그럴 때 그는 '나의 생은 이미 다했고, 청정한 수행은 이미 완성되었으며, 해야 할 일을 다 마쳤다. 이제는 더 이상 윤회의 굴레에 속박되지 않는다' 고 스스로 알게 될 것이다."

탐진치(貪嗔痴) 삼독(三毒)의 위험성을 불에 비유하여 명쾌하게 설파한 설법이다. 서양 사람들에게 깊은 인상을 심어준 이 설법이 행해진 가야산에 미처 관심을 갖지 못했으니, 안타까울 따름이다. 아니, 보드가야에 또 갈 구실이 생겼으니 오히려 행복하다. 이 위대한 불의 설교(불교식으로 말하면 '불의 설법'이 더 적당할 것 같다)를 다음에는 꼭 가야산에서 명상해볼 생각이다.

수자타 마을

수자타 마을과 그 옆 숲 속, 즉 옛 이름으로 우루빌라는 정말 중요한 곳이다. 이곳은 싯다르타가 극심한 고행을 했던 곳이고, 마침내 깨달음을 얻은 곳이며, 수자타에게 우유죽을 공양받고 기운을 차린 후 깨달음의 삼매에 들 수 있는 기반을 닦은 곳이고, 배화교도인 우루빌라 카사파와 그의 제자 500명을 교화한 곳이다. 현재 보리수가 있는 마하보디 사원을 중심으로 보드가야 시가지가 발전하고 있지만, 붓다의 흔적이 더 진하게 남아 있는 곳은 어쩌면 수자타 마을과 그 근방이라고 할 수 있다.

가야산을 내려온 싯다르타는 오늘날의 수자타 마을 숲 속에 해당하는 우루빌라의 세나니에서 발길을 멈췄다. 아름다운 네란자라 강 옆에 숲이 우거지고, 자그마한 개울이 흐르고, 수많은 새들이 나뭇가지를 옮겨 다니며 노래하고, 온갖 초식동물들이 평화롭게 조화를 이루고 있는 곳이었다. 들이 꽤 넓어 마을 사람들은 많은 양식을 수확했으며, 과일나무가 무성하여 먹을거리를 보태주고 있고, 소를 키워서 우유를 짜 먹고, 쇠똥을 연료로 사용했으며, 사람들은 부족함 없이 평안하고 고요한 생활을 누리고 있었다.

그러나 신의 은총을 구하는 숲 속 수도자들의 고행은 마을 사람들의 평화로운 삶과는 완벽하게 대조되는 것이었다. 그들은 최대한의 상상력을 발휘하여 인간으로서 장시간 참을 수 있는 최상의 고통이 무엇인지를 실험하는 것 같았다. 싯다르타는 이미 알고 있었다. 욕망으로부터 출발한 고행으로는 궁극적인 행복과 자유를 얻을 수 없다는 것을. 그러나 아직도 해결되지 않은 문제들이 많았다. 그는 그러한 문제들에 직접 부딪치기로 했다.

싯다르타는 먼저 두려움으로부터 해탈하기를 꿈꾸었다. 두려움으로부터 벗어나기 위해서는 두려움과 직접 맞닥뜨려야 했다. 그는 공포의 실상을 확인하기 위해 어두운 숲 속으로 들어갔다. 칠흑같이 어두운 곳, 바람소리만이 들리고 가만히 있어도 머리카락이 곤두서는 곳에 자리를 잡고 앉았다. 그러나 낮이 되어 찬찬히 주위를 살펴보니 전혀 두려워할 이유가 없었다. 주위에서는 사슴이 풀을 뜯고 있었고 공작이 날개를 펼치는 평화로운 풍경이 연출되고 있었다. 헛된 두려움에 휩싸였다는 것을 확인한 싯다르타는 시시각각 찾아드는 공포를 정면으로 맞닥뜨림으로써 극복할 수 있었다.

싯다르타는 이제 인간의 기본적인 욕구로부터 자유로워지기 위해 옷을 최소한으로 입었으며, 점차 음식을 줄여 나갔고, 심지어는 숨도

최소한으로만 쉬려고 했다. 죽음의 문턱을 넘나든 고행이었다. 함께 수행하던 다섯 수행자는 감히 흉내 낼 수 없는 싯다르타의 처절한 고행에 감탄하며 싯다르타를 스승 모시듯 하였다. 그러나 고행에 대한 싯다르타의 결론은 만족할 만한 것이 아니었다.

'아니야, 아니야! 분명 인간의 고통으로부터 진정 자유로워지는 길이 있을 거야. 고행은 아니야, 아니야! 고행은 분명 아니야!'

싯다르타는 천천히 몸을 일으켰다. 워낙 먹은 것이 없었기 때문에 마치 자신의 그림자가 일어서는 것 같았다. 그림자임에도 불구하고 자신의 몸은 대단히 무거웠고, 그 무거운 몸에 바윗덩이가 붙어 있는 것 같았다. 지푸라기처럼 야윈 몸을 무겁게 이끌고 싯다르타는 이제 새로운 길을 걸어가야겠다고 마음먹었다. 그는 시원한 강물 속으로 풍덩 들어갔다.

다섯 비구는 수군거렸다.

"아무래도 싯다르타가 고행을 포기한 것 같아. 하늘도 부술 것 같은 기개도 똥폼이었구먼. 싯다르타는 우리의 스승이 될 수 없을 것 같네."

"그래도 조금만 더 지켜보세. 무슨 생각이 있는지도 모르니."

싯다르타는 물속에서 조용히 하늘을 보았다. 한없는 평화가 하늘에서 강물로 들어오더니 이내 마음속으로 들어왔다.

'그래, 좀 알 것도 같군. 극단적인 고행도 아니고 극단적인 쾌락도 아닌 곳에 길이 있는 것 같아.'

싯다르타는 다시 기운을 차려 수행하기 위해서는 뭘 좀 먹어야겠다

우루빌라의 강가. 우루빌라카샤파를 교화시킬 때 붓다가 이곳에 거주하지 않았을까?

수자타 마을의 한 가난한 소녀.

고 생각했다. 그때 한 처녀가 길을 지나가고 있었다. 처녀는 한 수행자가 목욕하고 있어서 조심스러워했지만 조금도 부끄러워하지는 않았다. 처녀는 말했다.

"성자시여, 지금 몹시 시장하시군요. 이 우유죽을 드시고 기운을 차리셔요."

싯다르타가 합장하며 말했다.

"고맙소. 거기 놓고 가면 맛있게 먹으리다."

처녀는 우유죽이 들어 있는 그릇을 놓고 갔다. 싯다르타는 우유죽을 맛있게 먹었다. 최상의 음식이었다. 그 모습을 다섯 비구는 멀찍이서 바라보고 있었다. 다섯 비구는 서로에게 말했다.

"싯다르타가 드디어 맛있는 음식까지 탐하는구먼. 그는 고행을 포기했어. 그는 타락했네. 우리는 다른 곳으로 가세나."

싯다르타에게 우유죽을 공양한 처녀는 수자타라는 마을 처녀였다. 그녀는 간밤에 꿈을 꾸었다. 꿈속에서 신이 나타나 말했다.

"수자타야, 세상에서 가장 훌륭한 분이 단식을 마치고 식사를 할 예정이니, 최초의 공양을 올릴 기회를 놓치지 마라."

수자타는 가장 훌륭한 분이 누구일까 생각해보았다. 그녀는 아침 일찍 일어나자마자 암소 젖을 짜 정성스럽게 일곱 번을 끓인 다음, 정수를 걸러내 그것을 새 그릇에 담아 새 쌀과 함께 죽을 끓였다. 죽을 깨끗한 발우에 담고 향기로운 꽃으로 장식한 뒤 발우를 들고 외출했는데, 처음으로 싯다르타를 만난 것이다. 그녀는 싯다르타가 한눈에 위대한 인물임을 알아보았다.

이렇게 해서 붓다는 자신의 생애에서 가장 중요한 첫번째 식사를 마쳤다. 그에게 두번째 중요한 식사는 생애의 끝자락에 대장장이 춘다에게 공양받은 식사였다.

다섯 비구가 떠난 후 싯다르타는 홀로 일어나 묘지에서 분소의(糞掃衣)를 주워 깨끗하게 빨아 입었다. 기운을 차렸으니 새로운 수행의 길로 들어서야겠다고 생각했다. 그는 먼저 전정각산에 올랐으나 그곳은 깨달음의 삼매에 들 장소가 아니라는 브라흐마 신의 말을 듣고 보드가야의 보리수 아래로 갔다.

■ 2008년 1월 28일(월)

부처님이 수자타라는 처녀에게 우유죽을 공양 받은 수자타 마을에 왔다. 보드가야에서 네란자라 강을 가로지른 긴 다리를 건너서 오른쪽 길로 가면 수자타 마을이 나온다. 수자타의 집터는 스투파가 되었다. 붓다의 깨달음을 위해 가장 큰 역할을 한 처녀의 집이니 당연한 일이다. 스투파에서는 어린이들이 마냥 즐겁게 뛰어놀고 있었다. 풀밭이 우거진 스투파는 탑이라기보다는 커다란 언덕처럼 생겼다. 스투파 꼭대기에서 공작이 넓게 나래를 펼쳤다. 수자타의 공덕이 화려하게 빛났다.

그러나 수자타의 공덕이 무색하게 마을은 가난하기 짝이 없다. 부처님 당시 잘살던 마을이 지금은 왜 이리 전락했을까? 언제부턴가 인류에게 가장 중요한 식량을 풍부하게 생산하는 고장이 어느 나라나 가장 가난한 동네가 되었다. 붓다 시대에는 비옥한 땅을 가진 지금의 비하르 주가 가장 잘살았으나 이제는 가장 가난한 지역이 되었으니, 이 무슨 조화인가.

샛강 옆에는 시바 사원 뒤에 우루빌라카샤파 사원이 있다. 우루빌라카샤파는 당시 배화교도의 우뚝 선 지도자였으나 500명의 제자들과 함께 붓다에게 귀의함으로써 붓다의 승가를 확장시킨 장본인이다.

바라나시에서 전법에 성공한 붓다는 가르침을 널리 펴기 위해 가야로 돌아와 우루빌라카샤파의 사원을 찾았다.

"카샤파 님이시여, 지나가는 길에 들렀소이다. 당신의 처소에서 좀 쉬어 갈 수 있겠습니까?"

500명의 수행자를 이끌고 있는 카샤파의 권위는 대단했다. 카샤파는 곁눈으로 부처님을 바라보았다. 나이도 자기보다 한참이나 어려 보였다. 그는 가볍게 대답했다.

"우리 사원에는 많은 수행자들이 머물고 있습니다. 유감스럽게도 나그네가 쉴 만한 곳은 없습니다그려."

"카샤파여, 당신의 제자들이 많다는 것은 알고 있습니다. 혹시 문제가 없다면 당신의 사당에서라도 하룻밤 자고 갈 수 있도록 해주십시오."

붓다는 이미 카샤파의 사당에 무서운 독룡이 있다는 것을 알고 있었다. 그러나 붓다에게 독룡 따위가 무서울 리 없었다.

"사당이라면 아무 문제 없습니다. 그러나 사당 안에 사나운 독룡이

수자타 처녀의 공덕을 기려 세웠다는 스투파.

수자타 마을에 정토회가 세운 학교인 수자타 아카데미.

있어서 당신을 해칠지도 모릅니다. 괜찮으시겠습니까?"

"걱정하지 마십시오. 하룻밤 쉬어 갈 수 있게만 해주십시오."

"사당에서라면 얼마든지 쉬어 가십시오."

사당에는 그들이 섬기는 세 개의 불꽃이 쉬지 않고 타오르고 있었다. 부처님은 풀을 깔아 자리를 만든 뒤 가부좌하고 앉았다. 부처님은 곧 삼매에 들었다. 한밤중에 시끄러운 소리를 내면서 독룡이 나타났다. 부처님은 여전히 삼매에 들어 있었다. 독룡은 화를 냈다.

"아니, 도대체 당신은 누구요? 내가 누군 줄 알고 나의 처소에서 인사도 없이 잠을 잔단 말이오?"

독룡은 독기운이 가득한 연기를 세차게 뿜었다. 독룡의 공격을 이미 예상하고 계셨던 부처님은 화광삼매(火光三昧)에 들어 눈 하나 깜짝하지 않고 독룡에게 불꽃을 토했다. 사당은 불이라도 난 것처럼 검은 연기와 붉은 불꽃에 휩싸였다. 이를 멀찍이서 지켜보던 배화교도들은 저마다 한마디씩 던졌다.

"벌써 몇 번째야? 저 수행자도 독룡의 먹이가 되는구나."

이튿날 아침, 웅성거리며 사람들이 몰려들었다. 카샤파도 사당으로 다가왔다. 그는 어젯밤에 온 사문이 분명 시체가 되었으리라고 생각하고 있었다. 그러나 부처님은 아무렇지도 않은 듯이 사당에서 나오셨다. 깜짝 놀란 카샤파가 물었다.

"아니, 아무 일도 없으셨습니까?"

"당신이 말한 위험한 독룡이라는 것이 바로 이것입니까?"

부처님은 발우를 열어 보이셨다. 발우 안에는 작은 뱀이 똬리를 틀고 있었다. 전혀 예상치 못했던 상황에 카사파는 몹시 당황했지만, 짐짓 아무렇지도 않은 듯 말했다.

"괜찮으시다니, 다행입니다."

부처님은 근기에 따라 교화의 방법을 달리하셨다. 그의 교화 방법 중에 신통력은 어쩌면 최후의 수단이었는지 모른다. 우루빌라카사파에게는 신통력을 먼저 보여주셨다. 그만큼 카사파가 난공불락이었기 때문이다. 자신은 깨달은 이라는 상이 강한 이를 굴복시키기에 신통력만큼 강력한 것도 없었던 것이다. 우루빌라카사파는 그 정도의 신통력에는 굴복할 마음이 없었다.

우루빌라카사파는 부처님에게 두려운 마음을 가졌지만, 겉으로는 위엄을 갖추고 늘 낮은 목소리로 말했다. 대신 사람들에게 자신의 권위를 보여주어야 할 때는 부처님이 나타나지 않기를 바랐다.

큰 제사가 있던 날이었다. 마가다국과 앙가국에서 많은 신자들이 사원으로 왔다. 카사파는 그날만은 제발 부처님이 나타나지 않기를 고대했다. 많은 사람들 앞에서 부처님이 신통력이라도 보이면 자신의 위신이 크게 꺾일 것을 두려워한 것이다.

카사파의 기대대로 부처님은 나타나지 않으셨다. 다음 날 아침, 부처님이 발우를 들고 나타나자, 카사파는 몹시 반가운 듯 말했다.

"어이쿠, 왜 이제야 오셨어요? 어제 오셨으면 맛있는 음식이 많았었는데요."

"제가 오지 않았으면 하고 생각하지 않으셨습니까?"

"그럴 리가요? 어서 안으로 드시지요."

카샤파는 다시 한 번 부처님의 위신력에 놀랐다. 그러나 아직까지도 카샤파는 부처님의 제자가 된다는 것은 꿈에도 생각하지 못했다.

어느 날 폭우가 쏟아졌다. 지금도 수자타 마을은 지대가 낮아 보인다. 그때도 강물이 범람할 때마다 우루빌라는 위험에 처하곤 했다. 카샤파의 처소는 언덕 위에 있어서 안전한 편이었지만, 강가에 있던 부처님의 처소는 누가 봐도 안전하지 않았다. 카샤파는 제자들과 함께 배를 타고 부처님을 찾았다.

"고타마여, 고타마여! 어디 계십니까?"

카샤파와 그의 제자들의 목소리는 성난 물소리에 섞여 멀리 가지 못했다.

"나는 여기 있습니다."

소리 나는 쪽을 바라보니, 부처님이 물 위를 걸어오고 계셨다. 부처님의 두 발은 물기조차 없었다. 카샤파는 드디어 무릎을 꿇고 부처님의 발에 예배하였다.

"위대한 사문이여, 저는 당신의 제자가 되고 싶습니다. 허락해주십시오."

"당신은 500명이나 되는 바라문들의 지도자입니다. 나의 제자가 되고 싶다면 그들에게 먼저 알리는 것이 순서일 것입니다. 당신의 제자들이 각자의 길을 선택하도록 기회를 주어야 합니다."

카샤파는 제자들을 모두 소집하고는 큰 소리로 말했다.

"나는 사실 아라한이 아닙니다. 흉내를 냈을 뿐입니다. 이제 진정한 아라한을 알게 되었습니다. 그분의 제자가 되고자 합니다. 여러분은

쇠똥을 벽에 붙이다가 카메라를 들이대자 환하게 웃어준 해맑은 소녀.

각자 자신의 길을 가시기 바랍니다."

제자들은 한목소리로 말했다.

"저도 스승님의 뒤를 따르겠습니다."

카사파와 그의 오백 제자는 땋았던 머리를 자르고 부처님께 간절히 청했다.

"세존이시여, 당신께 출가하여 구족계(具足戒)를 받을 수 있도록 허락하소서."

"오십시오, 비구들이여. 나의 가르침 안에서 수행하면 괴로움에서 완전히 벗어날 수 있을 겁니다."

밤낮 없이 타오르던 배화교도 사당의 불이 꺼졌고, 제사 도구들이 성스러운 네란자라 강에 던져졌다. 아무것도 모르는 강물은 말없이 그것들을 데리고 북쪽 가야로 흘러갔다.

가야에서는 우루빌라카사파의 동생인 나디카사파가 제자 300명을 이끌고 수행하고 있었다. 강물에 몸을 담그고 기도하던 나디카사파는 머리카락으로 뒤덮인 강물을 보고 깜짝 놀랐다. 뭉텅뭉텅 잘려진 머리카락은 자기와 같은 배화교도들의 것임이 틀림없었다. 떠내려온 제사 도구들도 배화교도들의 것이었다.

'아니, 형님의 제자들이 왜 머리를 자르고 제사 도구들을 버린 것일까?'

나디카사파는 300명의 제자들을 데리고 허겁지겁 우루빌라로 달려왔다. 나디카사파는 다시 한 번 놀랐다. 그토록 위엄 있던 형이 삭발한 채 한 젊은 사문의 발아래에 예배하고 있는 것이 아닌가.

"이게 대체 어찌 된 일입니까?"

우루빌라카사파는 그간에 있었던 일들을 동생에게 낱낱이 들려주었다. 동생은 한참 생각에 잠겼다가 말했다.

"나는 어떻게 해야 할까요, 형님?"

우루빌라카사파는 동생의 머리카락을 잘라주며 말했다.

"너도 마땅히 부처님의 제자가 되어야지."

나디카사파와 그의 제자들 역시 부처님의 제자가 되었다. 둘째 동생 가야카사파도 형들의 출가 소식을 듣고 자신의 제자 200명과 함께 부처님의 제자가 되었다. 순식간에 부처님의 승가는 엄청난 규모가 되었다.

부처님의 신통력은 그리 자주 사용되지 않았지만, 예상보다는 은근히 자주 사용되었고 그 일화도 매우 흥미롭다. 카사파 삼형제의 귀의는 이후 부처님의 승가가 발전하는 데 중요한 밑거름이 된다. 사르나트에서도 꽤 많은 사람들이 아라한이 되었지만, 그들은 각자 흩어져 전법의 길을 갔다. 그러나 카사파 삼형제는 이후에도 계속 부처님과 함께한다. 우루빌라와 수자타 마을이 깨달음을 증득(證得)한 붓다에게 다시 한 번 새로운 출발점이 된 것이다.

보리수 아래서 벌어진 보드가야 대첩

드디어 부처님이 성도하신 보리수를 찾아간다. 보리수를 중심으로 지어진 사원은 마하보디 사원이라는 이름이 붙었고, 뾰족한 산처럼 솟아오른 사원의 탑은 마하보디 대탑이라 불린다. 사원 입구에 신발을 맡기고 맨발로 시멘트 길을 걷는다. 많은 사람들이 경건한 마음으로 탑을 돌고 있다. 대탑은 안쪽 보리수 바로 앞에 있다.

매끄럽고 깨끗한 보리수 이파리들이 햇살에 비치어 투명하다. 나는 보리수에 연신 합장하고 절했다. 티베트 사람들은 긴 나무판을 놓고 오체투지를 했다. 티베트 스님께 나도 한번 절하고 싶다 했더니 옆에 있는 빈자리를 내주신다. 나는 부처님을 뵌 감격에 겨워 티베트 식으로 백팔배를 했다.

전설에 따르면 이 나무는 싯다르타의 탄생과 함께 솟아올랐다고 한다. 부처님의 성도가 이곳에서 이루어질 것임을 이미 예고했던 것이

부처님이 깨달음을 얻은 금강좌 위에 건립된 마하보디 대탑.

보드가야의 보리수.

다. 현장 스님의《대당서역기》는 여래의 열반일이 되면 나뭇잎이 모두 떨어지고 며칠이 지난 후 다시 나뭇잎이 피어났다고 전한다. 보리수는 부처님과 한몸이나 마찬가지인 셈이니, 우리가 보리수를 향하여 절하는 것은 지극히 현명한 일이다.

현재 내가 볼 수 있는 나무는 원래의 보리수가 아니지만, 생각해보면 원래의 보리수이기도 하다. 기원전 3세기경 아쇼카 왕의 딸 상가미타는 부처님이 성도한 자리를 기려, 붓다의 보리수를 꺾꽂이한 가지를 스리랑카의 아누라다푸라에 심었다. 나중에 보드가야의 보리수가 이교도들의 박해로 잘려 나갔을 때, 스리랑카의 아누라다푸라에서 다시 꺾꽂이하여 자라난 나무가 오늘날의 이 보리수라 한다. 그러니 원래의 그 보리수는 아니지만, 또 그 보리수의 피가 흐르는 나무인 셈이다.

보리수 옆에는 금강좌에서 깨달음을 얻으신 부처님이 첫발을 내디딘 곳에 발자국 두 개가 새겨져 있다. 깨달음의 첫발이 이곳에서 시작되었음을 선포하는 엄연한 징표다. 이 발자국이 사르나트로 향하고, 다시 우루빌라로 오고, 라지기르로 향하고, 스라바스티로 가고, 바이샬리로 가고, 코삼비로 가고, 마침내 세계로 가는 출발점이다.

나는 이곳을 신화적으로 해석하여 엄청난 전투가 벌어졌던 장소로 생각한다. 싯다르타는 이곳을 성도 장소로 삼아 용맹정진하기 위해 보리수 아래에 풀을 깔고 앉았다. 싯다르타의 얼굴에서는 환한 빛이 솟아올랐다. 이곳에 앉기 전에 싯다르타는 이미 깨달음의 씨앗을 얻었다. 이곳에 앉아 삼매에 듦으로써 그 씨앗의 싹을 틔우고 줄기를 세워 올리고 가지를 뻗고 꽃과 이파리를 틔우고 열매를 맺을 것이었다.

진정한 자유를 얻기 전까지는
이 자리에서 결코 일어서지 않으리라.

힌두교 신화에 '아수라'라는 악마가 나오듯이, 불교 신화에서는 '마라'라는 악마가 나온다. 싯다르타가 깨달음을 얻어 세상을 제도한다면 그것은 마라에게는 크나큰 위협이었다. 마라는 인간의 욕망과 분노, 어리석음을 먹고사는 존재였기 때문이다. 마라는 어떻게든 싯다르타의 성도를 막아야 했다. 마라는 싯다르타가 선정에 든 보리수 아래로 왔다. 그는 매우 슬픈 목소리로 말했다. 그러나 그것은 매우 강력한 주먹이었다.

"당신의 몸은 가냘프기가 마치 마른 나뭇가지 같군요. 그렇게 약한 몸으로 이 험한 세상을 헤쳐 나갈 수 있겠어요? 살아야 합니다. 개똥밭에 굴러도 살아야 합니다. 일어나서 운동하십시오. 영양가 있는 음식을 많이 드시고 즐겁게 사십시오. 즐겁게 살면 건강해집니다. 어렵게 수행하여 어렵게 깨치려 하지 마시고, 신에게 기도하십시오. 베다를 공부하고 희생제를 지내고 불을 섬기면 얼마든지 큰 공덕을 쌓을 것입니다. 그 공덕으로 즐기고 살면 인생이 얼마나 활력이 넘치겠어요?"

우리는 늘 새로운 일을 할 때마다 마왕의 이와 같은 강력한 펀치에 쓰러지곤 한다. 도고마성(道高魔盛)이라 했던가. 도가 높을수록 마귀가 극성을 부린다는 말이다. 높은 도는 마귀에게는 치명적이기 때문이다. 싯다르타가 깨달음을 얻으면 마라를 두려워하는 이가 없어질 터이고, 그러면 자신의 힘이 크게 약화될 것이므로, 마라는 싯다르타의 깨달음을 방해해야 한다. 눈앞에서 어슬렁거리는 마라에게 싯다르타가 말했다.

"사악한 자여, 어리석은 자여, 욕심으로 똘똘 뭉친 자여! 무엇 하러 여기에 왔습니까? 이곳에서 당신은 전혀 힘을 쓸 수 없을 겁니다. 그대는 세간의 복락을 찾는 자에게나 수작을 거십시오. 그들에게 적당한 복을 주고 제삿밥을 얻어먹는 것이 당신의 일 아닙니까? 나는 최상의 지혜를 얻었습니다. 그대가 나의 건강을 걱정할 때가 아닙니다. 그대의 건강은 지금 풍전등화입니다. 어서 정신을 차리고 자신의 욕망을 버리세요."

마라는 싯다르타의 카운터펀치를 얻어맞고 뒤로 나자빠졌다. 싯다르타는 자신이 생각했던 것보다 훨씬 강했다. 얼른 정신을 차린 마라는 권투 경기에서 가벼운 잽도 누적되면 상대를 쓰러뜨리는 힘이 되는 것을 응용하리라 생각했다. 그는 가볍게 잽을 날려보았다.

"전 당신이 정말 걱정되어 하는 소립니다. 가만히 앉아서 무슨 일이 이루어질 수 있겠어요? 부지런히 움직여도 될까 말까 한 세상에! 어서 일어나세요!"

그러나 싯다르타에게 마라의 주먹은 솜방망이와도 같았다. 살짝 피하면서, 아니, 아예 피하지도 않으면서 싯다르타는 핵주먹을 날려버렸다.

"그대의 첫째 군대는 욕망이요, 둘째는 혐오이며, 셋째는 기갈이요, 넷째는 갈애이며, 다섯째는 나태요, 여섯째는 공포며, 일곱째는 의혹이요, 여덟째는 위선과 고집입니다. 그대가 가진 무기라고는 남을 경멸하는 오만함뿐입니다. 마라여, 당신의 군대와 무기가 파괴력이 있다고 생각하십니까? 어디 한번 공격해보시지요. 나는 털끝 하나 움직이지 않고 당신의 군대를 괴멸시키고, 그들이 가진 무기를 부러뜨릴 수 있습니다. 자, 공격해보세요!"

붓다의 핵펀치를 맞고 마라는 비틀거렸다. 마라는 수많은 악마들을 거느린 악마들의 왕이었다. 그에게는 악을 무기로 삼은 수많은 식솔들이 있었다. 마왕은 갑자기 눈앞이 캄캄해졌다. 나의 식솔들을 이제는 어떻게 먹여 살리나? 마왕은 일단 후퇴해야겠다고 생각했다. 집으로 돌아오는 그의 심경은 복잡했다. 심상치 않은 표정의 아버지를 보고 자식들이 물었다.

"아버지, 도대체 무슨 일입니까?"

"싯다르타가 지금 보리수 아래에서 선정에 들었다. 그의 신념과 노력과 지혜라면 가장 높고 바른 깨달음을 성취할 것이 분명하다. 그가 바르고 원만한 깨달음을 성취하면 나의 궁궐은 사상누각이 될 수도 있다."

"아버지, 너무 심려치 마십시오. 인간이란 악에 쉽게 물드는 법입니다. 우리 자식들이 나서보지요."

자식들은 모여서 계책을 논의했다. 논의 결과 미인계를 쓰기로 하여, 마라의 세 딸인 탕하, 아라티, 라가가 나섰다.

"우리 셋이 힘을 합치면 어떤 사내라도 무너뜨릴 수 있어요."

마라의 세 딸은 아름답게 치장하고 보리수 아래로 갔다.

"보세요, 성자여! 온갖 생명체가 서로 짝을 찾아 교미하는 봄이랍니다. 이 봄날 성자께서는 뭘 하고 계셔요. 그렇게 앉아 계시는 것은 자연의 순리에 어긋나는 일이지요. 생산을 해야지요, 생산을! 자, 이 싱싱한 육체를 맛보시고 힘을 내세요."

세 딸은 자신의 풍만한 육체를 드러냈다. 싯다르타는 말했다.

"너희들은 알고 있는가? 육체의 쾌락에는 고뇌가 따른다는 것을. 그런 욕망이라면 나는 이미 오래전에 버렸다는 것을. 욕망으로부터 자유로운 내가 너희들의 거짓 아름다움에 속을 것 같은가?"

마라의 딸들은 좀 더 과감하게 싯다르타를 유혹하기로 했다. 그들은 싯다르타의 몸을 더듬기 시작했다.

"당신은 참 멋진 남자예요. 당신의 아름다움을 저희가 지켜드리겠어요. 멋진 나날을 만들어가요."

여인들은 싯다르타의 귀에 뜨거운 바람을 불어 넣었다. 그러나 싯다르타는 추호의 흐트러짐도 없었다.

"너희들은 조금도 아름답지 않단다. 현재의 아름다움은 결코 영원한 것이 아닌 것, 너희들의 육체 속에는 온갖 똥물과 고름이 들어 있지."

그 말을 듣는 순간, 세 딸의 미모와 교태는 허물어졌다. 그녀들의 곱던 피부가 검게 변하더니 푸석푸석 주름이 지고, 온몸 구멍마다 오물이 흘러나와 퀴퀴한 냄새를 풍겼다. 마라의 딸들은 황급히 보리수

부처님이 깨달음을 얻은 지 다섯번째 되는 7일에 무찰린다나무 아래서 선정에 들어 있는데, 엄청난 폭풍우가 일었다. 이때 무찰린다 용왕이 바람막이이자 우산이 되어주었다는 장면을 그린 조각상.

아래를 떠났다.

마라는 다시 대군을 이끌고 싯다르타를 무찌르러 왔지만, 싯다르타는 이미 싯다르타가 아니었다. 그는 난공불락의 요새였고, 무적의 영웅이었다. 마라의 군대는 덤비는 족족 낙엽처럼 나가떨어졌다. 한쪽은 대군을 이끌고 요동쳤지만 추풍낙엽처럼 힘이 없었고, 한쪽은 요지부동 부드러운 미소로 앉아 있었지만 바위처럼 단단했다. 바위처럼 단단하게 앉아서 추호의 움직임도 없이 붓다가 마라를 물리친 그 자리를, 그리하여 금강좌(金剛座)라고 한다. 붓다와 마라의 첫번째 전쟁은 그렇게 싱겁게 끝났다. 나는 이 전쟁을 부처님의 시각에서 이름을 붙여 '보드가야 대첩'이라고 부른다.

부처님은 보리수 아래에서 이레 동안 움직이지 않은 채 해탈의 즐거움을 누렸다. 이제 부처님은 도합 49일 동안 여러 나무를 옮겨 다니며 법열(法悅)에 빠지게 된다. 이런 광경을 지켜보면 왜 전정각산이 깨달음의 장소로 적절치 않은지를 알 수 있다. 돌산인 전정각산은 고요히 앉아 있을 나무 그늘이 별로 없었던 것이다.

네번째 맞이한 7일에 마라가 다시 한 번 공격에 나섰다. 이번에는 새로운 작전을 폈다. 이왕 부처님이 된 것, 부처님으로 하여금 이 세상을 더 이상 제도하지 못하게 하려는 것이었다. 그는 부드러운 목소리로 부처님의 귀에 속삭였다.

"부처님, 찬탄합니다! 당신의 깨달음은 참으로 아름다워 눈부십니다. 그 큰 깨달음 얻으시느라 얼마나 고생이 많으셨습니까? 이제 편히 쉬십시오. 니르바나에 잠겨 해탈의 즐거움을 마음껏 누리십시오."

보드가야에서의 일출.

물론 부처님은 자신이 열반(니르바나)에 들 때가 아니라는 것을 누구보다도 잘 알고 있었다.

다섯번째 맞이한 7일, 부처님이 무찰린다나무 아래서 선정에 들었을 때였다. 엄청난 폭우가 쏟아지고 세찬 바람이 불었다. 부처님은 아무 상관없이 선정에 들어 계셨는데, 무찰린다 용왕이 나타나 부처님의 바람막이와 우산이 되어주었다.

마하보디 사원을 들어가다 오른쪽 연못 쪽으로 가면 바로 무찰린다 용왕이 일곱 개의 머리로 부처님의 우산이 되어주는 장면이 조각되어 있다. 사원에 들를 때마다 나는 연못을 여러 바퀴 돌았다.

일곱번째 7일, 아자팔라나무 아래에서 선정에 들어 계시자, 이제 신들이 조바심이 났다. 부처님이 너무 오래 선정에 들어 계셨던 것이다. 인드라 신이 먼저 나섰고, 이어서 브라흐마 신이 나섰다.

"부처님이시여, 법을 설하소서! 여래시여, 법을 설하소서! 세존께서 법을 설하지 않으시면 탐욕의 강물에 떠밀리고 분노의 불길에 휩싸인 이 세상을 누가 구원하겠습니까?"

부처님은 깊은 생각에 잠겼다. '과연 나의 깨달음이 사람들에게 전달될 수 있을까? 그들이 알아들을 수 있을까?' 부처님은 법을 설할 때 항상 이런 생각을 하셨다. 상대가 알아들을 수 있을지를 생각하고, 상대의 근기에 맞추어 설법했던 것이다. 부처님이 생각에 잠겨 있는 사이 브라흐마가 노래로 다시 전법을 청했다.

산꼭대기에서는 모든 사람을 볼 수 있듯이

사방의 사람들을 한눈에 굽어보시는
가장 높은 곳에 계시는 현명한 분이시여
모든 것을 꿰뚫어보는 분이시여
슬픔에 빠져 있는 중생들을 구원하소서
진리의 누각에 올라
생사의 굴레에 빠져 있는 저들을
굽어살피소서
영웅이시여
일어나소서
진리를 설파하소서

부처님께서는 마침내 세상을 향해 사자처럼 포효하셨다.

내 이제 감로의 문을 여노라
어서 오라, 새로운 세계로.

03

—

최초의 설법지
사르나트

내 사랑의 방법을 전달하고 싶어요.
내 사랑의 방법은
나 자신을 사랑하고
모든 이를 사랑하는 방법!
그러나 내 사랑의 방법
알아들을 이 있을지 두려워요.

나는 꿈꾸듯
옛 친구들을 찾아 사랑의 방법을 전달하고자
200킬로미터를 달렸어요.
7일 동안 달렸어요, 맨발로 달렸어요.

그리하여 도착한 아름다운 땅에서
내 친구들은
내 사랑의 방법
단박에 알아들었죠.

역사가 바뀌는 순간!
세상이 열리는 순간!

사슴 동산의 기적

사르나트는 깨달음을 얻은 석가족의 위대한 성자 석가모니가 자신의 깨달음을 처음으로 구체적으로 밝힌 땅이다. 석가모니 자신도 자신의 깨달음이 다른 이에게 쉽게 전달될 수 있을지 확신이 서지 않았다. 명상을 통해 얻은 깨달음이기에 구체적으로 설명할 수 없을 법도 한데, 붓다의 깨달음은 매우 논리적이다. 사르나트는 붓다의 교리가 체계적이면서도 논리적으로 정리된 최초의 현장이다. 또한 사르나트는 붓다의 승가와 신자가 처음으로 생긴 곳으로, 전 생애에 걸친 붓다의 교화가 초기에 압축되어 실현된 곳이기도 하다.

보드가야에서 깨달음을 얻은 석가모니는 고행림(苦行林)의 동지였던 다섯 고행자를 찾아 200킬로미터가 넘은 열사(熱沙)의 길을 이레 동안 여행하여 사르나트를 찾아갔다. 그러기 전에 석가모니는 자신의 깨달음을 전하면 알아들을 수 있을 것 같은 사람을 떠올려보았다. 그는 먼저 진실한 수행자 알라라칼라마를 생각했다.

'그래, 알라라칼라마라면 나의 말을 금방 알아들을 수 있을 거야.'

"세존이시여, 알라라칼라마는 이미 세상을 떠났습니다."

하늘에서 신의 목소리가 내려와 살짝 귀띔해주었다.

'그러면 웃다카라마풋타가 있지. 웃다카라마풋타를 만나러 라지기르로 가야겠군.'

천신의 목소리가 또 내려왔다.

"세존이시여, 참으로 안타깝습니다. 웃다카라마풋타는 세존의 깨달음을 만나지 못하고 어젯밤에 떠났습니다."

'그래, 그렇다면 나와 함께 험난한 고행의 길을 걸었던 다섯 수행자를 만나러 가자.'

석가모니는 신통력을 통해 다섯 수행자가 어디에 있는지 확인했다. 그들은 바라나시 근처인 사르나트에서 고행을 하고 있었다.

붓다는 39일 동안 다디단 삼매에 들었던 자리인 보리수 아래에서 일어났다. 이제 붓다는 자신에게 아픔과 환희가 함께했던 땅 보드가야를 떠나 새로운 세상으로 법을 퍼뜨려야 할 단계에 이르렀다. 그는 아쉬운 발걸음을 한 발 한 발 내디뎠다.

누가 붓다의 위대함을 몰라볼 것인가? 우리는 괜한 걱정이라 생각하지만, 사실 그 걱정은 현실이었다. 석가모니가 가야 땅을 지나고 있을 때였다. 벌거벗은 자이나교도 우파카를 만났다. 우파카는 석가모니가 보통사람이 아니라는 것을 금방 알아보았다.

"당신에게서 광채가 나는군요. 당신은 누구십니까?"

"나는 모든 속박에서 벗어난 사람, 모든 것을 아는 사람입니다. 나는 무엇에도 더럽혀지지 않고 모든 욕심과 애착에서 해탈한 사람입니다."

우파카는 너무도 자신 있게 말하는 석가모니가 다소 기분이 나빴다.

"당신의 스승은 누굽니까? 당신은 어떤 법을 배웠습니까?"

"스스로 깨달음을 얻었는데, 누구를 가리켜 스승이라 하겠습니까? 나에게는 스승이 없습니다. 또한 나와 같은 사람도 없습니다. 내가 곧 성자요, 최고의 스승이니, 홀로 깨달음을 얻은 나는 마음이 고요하고 평화롭습니다."

스스로 깨달은 사람이라고 말하는 석가모니를 우파카는 믿을 수 없었다.

"마치 자신이 부처님인 것처럼 말하는군요. 편안하게 가시오."

우파카는 머리를 절레절레 흔들며 가버렸다. 석가모니는 자신의 법을 알리기 어렵다는 것을 새삼 실감했다. 먼저 믿을 만한 사람을 만나 확실한 전법의 길을 찾는 것이 급선무였다. 어서 빨리 다섯 수행자를 만나 자신의 깨달음에 대해 얘기하고 싶었다. 석가모니도 가던 길을 재촉했다.

갠지스 강을 건널 때에도 사공이 부처님을 알아보지 못했다.

"사공이여, 나는 저 강을 건너야 합니다. 부디 길을 놓아주시오."

"뱃삯만 준다면야 얼마든지 건네드립죠."

"나는 보다시피 아무것도 가진 것 없는 수행자요."

"뱃삯이 없으면 태워드릴 수 없습니다요."

녹야원의 사슴들.

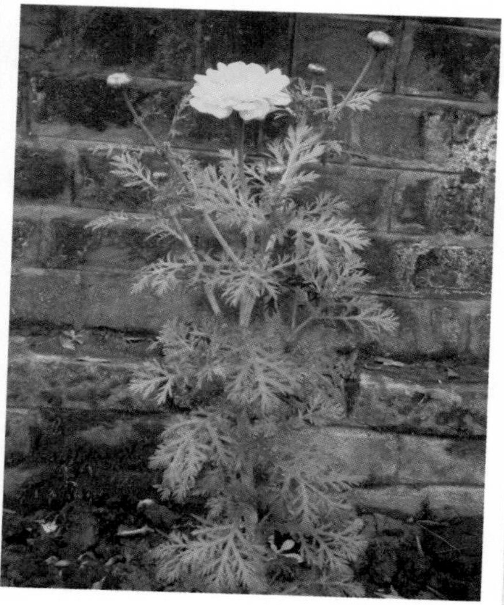

녹야원에 피어 있던 골든 플라워.

석가모니는 할 수 없이 신통력을 발휘하여 큰 걸음으로 맞은편 강기슭으로 건너갔다. 뱃사공이 깜짝 놀라 후회했지만 이미 때는 늦었다. 부처님을 맨 처음 만나 뵙고도 지혜롭지 못한 이는 알아볼 수가 없었던 것이다, 숟가락이 국 맛을 모르듯이.

2001년 11월, 나는 보드가야에서 라지기르를 거쳐, 파트나에서 기차를 타고 바라나시로 갔다. 아마도 부처님의 초전법륜(初傳法輪)을 위한 여행길과 비슷했을 것이다. 기차 안에서 나는 줄곧 부처님의 여행을 생각했다. 바라나시에서 아침저녁으로 가트(갠지스 강의 층계)를 산책하면서 시간을 보내다가 8일째 되는 날 드디어 부처님의 초전법륜지인 사르나트에 갔다.

사르나트는 한자어로 녹야원(鹿野園)인데, 이런 이름이 붙여진 것은 사르나트에 사슴 동산이 있었기 때문이다. 지금도 불교의 옛 승원 터를 거닐면 그 옆에 있는 동산에서 사슴들이 뛰어노는 것을 발견할 수 있다. 옛날 이곳 사르나트 숲 속에는 사슴 왕국이 둘이나 있었다. 한 왕국은 데바녹 왕이 다스렸고, 다른 왕국은 보살녹 왕이 다스렸다. 두 왕은 각기 사슴을 500마리씩 거느리고 있었다. 당시 바라나시의 왕은 사냥하기를 무척 좋아해 매일 이곳 숲을 찾아와 사슴 사냥을 하곤 했다. 그때 데바녹 왕이 바라나시의 왕을 찾아가 말했다.

"왕이시여, 당신이 사냥하는 것을 좋아하신다는 것은 알고 있습니다. 그러나 그렇게 즐기시다가는 머지않아 이 숲 속에 사슴이 한 마리도 남지 않을 것입니다. 또한 사냥하시다보면 사슴이 다쳐서 드시기에 좋지 않을 수도 있을 겁니다. 그때는 어찌하시렵니까? 왕께서 사슴 고기를 오래 즐기시려거든 하루에 사슴 한 마리씩만 잡으시는 게 좋을 것입니다. 하여, 저희가 자발적으로 하루에 한 마리씩 왕의 제물이 되고자 합니다. 허락해주십시오."

바라나시의 왕은 참 슬기로운 사슴 왕이라고 생각하며 제안을 수락했다. 사슴들은 순서를 정해 매일 한 마리씩 스스로 왕에게로 갔다. 그렇게 하루하루 한 마리씩 사슴이 사라지면서 시간은 가고 또 갔다. 어느 날 임신한 암사슴 차례가 왔다. 그 사슴은 자기야 죽을 수도 있지만, 곧 태어날 뱃속의 새끼까지 죽게 하는 일은 견딜 수가 없었다. 고민 끝에 그 사슴은 사슴 왕 데바녹을 찾아갔다.

"대왕님, 제가 죽게 되면 제 뱃속의 새끼까지 죽게 됩니다. 차례를 조정해주실 수 없겠습니까?"

데바녹 왕이 대답했다.

"누구나 사정이 있을 수 있다. 너만 특별히 사정을 봐줄 수는 없는 법이다."

데바녹 왕은 원칙주의자였다. 딱한 사정을 이해할 수는 있지만, 사정을 봐주다보면 원칙이 깨질 수도 있음을 데바녹 왕은 잘 알고 있었다. 왕의 말을 반박할 수 없었던 암사슴은 이웃 나라의 보살녹 왕을 찾아갔다. 보살녹 왕은 어미 사슴의 말을 듣고 직접 바라나시의 왕을 찾아갔다. 사슴 왕이 찾아온 것을 보고 바라나시의 왕이 말했다.

"아니, 그대는 사슴 왕이 아닌가? 그대가 오면 누가 사슴을 통제하는가?"

"인자한 왕이시여, 오늘 왕의 제물이 될 사슴은 며칠 후면 새끼를 낳을 것입니다. 자식을 생각하는 어미의 마음이 갸륵하여 제가 대신 왔나이다."

바라나시의 왕은 사슴 왕의 자비심에 크게 감복했다.

"사슴에게도 그와 같은 자비심이 있거늘, 나는 사람의 몸으로 태어났음에도 사슴보다도 못했구나."

바라나시의 왕은 앞으로는 아무도 이 숲 속에서 사슴을 잡지 말라는 명령을 내렸다. 그리하여 이곳은 사슴의 천국이 되었고, 산스크리트어로 사슴의 왕을 뜻하는 '사랑가나타'를 줄여 '사르나트'라 불리게 되었다. 우리는 종종 인정머리 없는 원칙주의라는 무자비한 벽을 만난다. 이 일화는 자비심이야말로 원칙주의보다 힘이 세다는 것을 보여준다.

사르나트에 도착하면 맨 먼저 보이는 것이 차우칸드 스투파다. 부처님이 바라나시에 도착하여 다섯 비구를 맨 먼저 만난 곳이 이곳이었다.

"저기 오는 사람 좀 보게. 우루빌라에서 함께 고행했던 싯다르타가 아닌가?"

멀리서 부처님의 모습을 본 교진여(안나콘단냐)가 친구들에게 말했다.

"맞네. 싯다르타가 분명하네. 맛있는 음식을 먹고 고행을 포기한 고타마가 맞네. 우리 저 친구와는 말도 하지 말기로 하세. 타락한 수행자가 아닌가. 한때는 우리가 그를 숭배했지만, 이제부턴 아무 상관도 하지 마세나."

그러나 부처님이 가까이 다가올수록 다섯 수행자는 부처님의 광채에 이상하게도 끌렸다. 그들은 왠지 어려운 자리에 앉은 손님처럼 안절부절못하였다. 부처님과 마주치자 다섯 수행자는 자기도 모르게 앉을자리를 준비하고 반갑게 맞이하였다.

"어서 오십시오, 고타마여! 이 자리에 편히 앉으십시오."

"벗이여, 그대들은 여래를 고타마라 불러서는 안 된다. 부처님을 벗이라 불러서도 안 된다."

다섯 수행자는 어이가 없었다.

"고타마여, 당신은 지독한 고행으로 이름이 높았지만, 이내 마을에 나가 맛있는 음식을 먹는 등 타락하지 않았습니까? 여래라니요, 부처님이라니요? 믿을 수가 없습니다."

"나는 타락하지 않았다. 오히려 가장 높고 바른 깨달음을 얻었다."

부처님은 다섯 수행자를 한 사람씩 바라보았다. 다섯 수행자는 믿기지 않았지만, 부처님에게서 풍기는 위엄에 반박할 힘이 생기지 않았다. 오랜 침묵의 시간이 흐른 뒤, 저녁이 찾아왔다. 그들의 눈빛에 조금씩 믿음의 등불이 타올랐다. 보름달이 하늘 한가운데서 온 세상을 환히 비출 때였다. 부처님은 진리의 수레바퀴를 굴리기 시작하셨다.

드디어 불교의 가장 기본적인 교리에 해당하는 중도(中道), 즉 팔정도(八正道), 사성제(四聖諦) 등이 정립되는 순간이었다. 그러므로 사르나트는 불교가 종교가 되는 매우 중요한 계기를 마련한 곳이라 할 수 있다. 부처님의 설법을 들은 다섯 수행자는 부처님께 출가하여 첫 비구가 되었고, 설법을 듣고 맨 처음 깨달음을 얻은 아라한이 되었다. 다섯 비구로 구성된 승가는 이곳에서 더욱 확장된다.

현재 다메크 스투파가 있는 자리가 바로 부처님이 최초로 법을 설하신 곳이다. 처음으로 법을 설하실 때 구류손불, 구나함모니불, 가섭불 같은 과거의 부처님들이 부처님을 에워싸고 설법을 들었다고 한다. 사성제와 팔정도, 중도의 가르침을 전해 들은 다섯 제자가 모두 완전한 깨달음, 즉 아라한을 성위하자, 기쁨에 겨운 부처님께서는 자신을 포함하여 "여기 여섯 명의 아라한이 있다"라고 말씀하셨다. 그러나 엄밀히 말하면 그곳에는 현겁의 세 부처님이 와 계셨기 때문에 아홉 명의 아라한이 있었던 셈이다.

■ 2001년 11월 10일(토)

사진 하시는 전규일, 김철원 선생님과 함께 사르나트에 다녀왔다. 차우칸드 스투파라고 불리는 인공 언덕은 석가모니의 첫 설법을 기념해서 만들어진 것인데, 석가모니의 첫 제자인 다섯 사문이 부처님께서 멀리서 걸어오시는 것을 보고, 석가모니가 오면 말도 받아주지 말자며 마음으로 바늘방석을 만들던 장소다. 이 언덕은 평화로운 마을 한쪽에 참으로 장엄하게 솟아 있는데, 그 형상은 마치 거대한 쇠똥 같으나 거룩한 기운이 넘쳐흐른다. 우리가 스투파를 올라가고 있었더니 그곳을 관리하는 사람이 달려와서 문을 열어주었다. 스투파 꼭대기에는 어울리지 않게 전망대가 있었다. 전망대 입구에 자물쇠가 있어 열

부처님의 초전법륜지에 세워진 다메크 스투파.

다메크 스투파에 새겨진 화려한 문양.

쇠가 필요했던 것이다. 전망대에 오르니 사르나트 전체가 시원스럽게 열렸고, 멀리 다메크 스투파가 보였다. 이 전망대는 인도 무굴 제국의 황제 후마윤이 만들었다고 한다.

녹야원 입장료는 2달러였다. 첫 설법지에 세워진 탑인 다메크 스투파는 500년경에 만들어진 것인데, 굽타 양식과 마우리아 양식이 혼합되어 있다. 여러 번 개축한 흔적도 보인다. 지름은 28.5미터, 높이 33.53미터(기단까지 합하면 42.06미터)인 거대한 탑이다. 여러 번 개축하여 문양이 여기저기 흩어져 있으나, 참으로 아름다웠다. 덩굴무늬, 연꽃무늬, 구름무늬 등 우리나라 불교 미술품에서도 자주 보이는 문양이 다채롭게 탑을 감싸고 있었다.

나는 끝없이 탑을 돌고 싶었다. 티베트 사람들은 스님들의 인도 하에 여러 명이 함께 탑돌이를 하고 있었다. 2600년 전의 말씀이 이렇게 탑으로 서 있다는 것이 감동적이었지만, 이 탑이 수많은 왕조를 거치면서 마침내 폐허가 된 현실을 생각하니 가슴이 아팠다.

다르마지카 스투파가 있던 건물은 폐허로 남아 있다. 1794년 바라나시의 지방관 자가트 싱에 의해 무참히 파괴되었고, 여기에 봉안되었던 붓다의 진신사리는 갠지스 강에 버려졌다. 19세기에도 중요한 유물들을 도둑맞았다. 다행히 스투파에서 나온 사리함은 콜카타 박물관에 안장되었다. 스투파 옆에는 아쇼카 석주의 밑동 부분을 모셔놓았다. 중요한 부분은 박물관에 안장되어 있는데, 기둥에 아쇼카 왕이 반포한 칙령이 새겨져 있다.

아쇼카 왕이 명상에 잠겼다는 건물로 들어갔다. 그곳은 문이 잠겨

다메크 스투파를 돌고 있는 미안마의 불자들.

다르마지카 스투파에서 스님의 설법을 듣고 있는 스리랑카 사람들.

있었으나 담을 넘어 얼마든지 들어갈 수 있게 되어 있었다. 부서진 돌 조각들이 쓸쓸하게 나를 맞이했다. 그 쓸쓸함이 부처님의 가르침일까? 보이는 모든 것은 쓸쓸한 것이니, 항상하는 것이 아니니, 이 폐허에서 부디 현상에 집착하지 않는 법을 배우라. 눈을 감으니, 부처님의 말씀이 들리는 듯했다.

사르나트 박물관은 반드시 가보아야 한다. 사르나트에 있었던 아쇼카 석주 머리 부분과 아름다운 초전법륜상을 만날 수 있기 때문이다. 네 마리의 사자가 네 방위를 지키고 있는 아쇼카 석주는 위엄 있으면서도 아름답다. 가히 불법을 수호할 만한 용맹함과 의지가 사자의 몸짓 하나하나에 담겨 있다. 기둥 가운데에는 네 개의 차크라(법륜)와 네 마리 짐승이 새겨져 있다. 네 개의 차크라에는 각각 스물네 개의 바퀴살이 있다. 이것은 하루 스물네 시간, 1년 24절기를 의미한다. 이 네 마리 짐승 중 코끼리는 마야 부인의 태몽을 연상시키며, 말은 붓다의 출가 모습을 떠올리게 한다. 사자는 불법을 지키는 힘과 용맹을 상징하며, 황소는 끊임없는 정진을 상징한다. 석주의 윗부분을 차지한 네 마리 사자와 차크라는 인도의 상징이다. 네 마리 사자는 엘로라 석굴 16굴의 지붕에서 다시 한 번 확인할 수 있으며, 차크라는 오늘날 인도의 국기 한가운데에 새겨져 있다.

또 하나의 명작인 5세기의 초전법륜상 앞에서는 저절로 합장하는 마음이 생긴다. 부드러운 옷주름은 마치 바람에 날릴 듯이 부드럽고, 연꽃무늬가 살짝 새겨진 방석도 참으로 유연하다. 두 명의 천사가 날아다니는 하늘 세계와 차크라를 가운데 두고 기도하는 지상의 사람들, 동물들 사이에 석가모니의 편안하면서도 맑은 미소가 어우러져 있다. 그 앞에 엎드려 예배하는 다섯 비구의 모습이 보이는 듯하다.

강의를 해본 사람은 알 것이다, 처음으로 강단에 섰을 때의 떨리는 심정을. 그리고 나의 마음이 학생들에게 전달되었을 때의 감동을 잊지 못할 것이다. 붓다의 첫 설법은 대성공이었고, 그로 인해 오늘 불교의 가르침이 내게 도달할 수 있었다. 이 성지를 끝내 잊을 수 없는 이유다.

최초로 승가가 탄생한 곳

사르나트는 명실 공히 붓다의 승가가 최초로 탄생한 곳이며, 붓다의 법을 믿는 신도인 우바새(優婆塞, 남성 재가 신도)와 우바이(優婆夷, 여성 재가 신도)가 생긴 곳이기도 하다. 승가의 첫 구성원은 다섯 비구였지만, 대규모 승가가 될 수 있도록 결정적인 역할을 한 이는 야사라는 젊은이였다. 붓다의 법을 믿는 우바새와 우바이가 생긴 것도 야사라는 젊은이 덕분이었다.

야사는 바라나시 부호의 아들이었고, 아름다운 아내와 함께 새 가정을 이룬 유복한 젊은이였다. 그럼에도 불구하고 그는 조금도 행복하지 않았다. 그가 하는 일이라곤 친구들과 술을 마시고 노래하고 춤추며 즐기는 것밖에 없었다. 그것으로 충분히 행복할 수도 있었을 텐데, 술에 취했을 때의 행복감이 술에서 깬 후에는 절망감으로 변하곤 했다. 아니, 술에 취해 있을 때조차 한 가닥 정신이 남아 있을 때는 미

사르나트에 있는 한국 절 녹야원.

친 듯이 괴로웠다.

야사는 어느 날 새벽 녹야원 숲 속에서 절규했다.

"아, 인생이여, 괴로워라! 괴로워라! 죽고 싶어라!"

그는 어젯밤 친구들과 함께 무희들을 데리고 춤추고 노래하고 술 마시면서 즐겁게 놀았다. 술에 취해 자기도 모르는 사이 잠이 들었다가 새벽에 깬 그는 간밤에 아름다웠던 무희들의 흐트러진 모습을 보았다. 머리는 헝클어진 채 침을 흘리면서 자는 여자, 북을 배 위에 올려놓고 자는 여자, 잠꼬대하는 여자, 이를 득득 갈고 있는 여자, 여자들 옆에는 친구들이 아무렇게나 엎어져서 자고 있었다. 모두들 간밤의 즐거운 표정이 아니었다. 야사는 갑자기 이런 생활이 견딜 수 없어졌다. 그는 아직 숙취에서 깨지 못한 채 밖으로 나가 정신없이 돌아다니다 사르나트에 온 것이었다.

붓다가 젊은이의 절규를 듣고 다가왔다.

"젊은이여, 무엇이 그리도 괴로운가?"

야사는 자신의 생활을 차근차근 이야기했다. 결론은, 부족한 것이 없는데도 끝없는 욕망은 도대체 채워지지 않고 그 욕망이 어디에서 오는지 모르니, 더욱 답답하고 괴롭다는 것이었다. 부처님은 젊은이에게 조용히 말했다.

"젊은이, 그대가 서 있는 곳은 위험하고 불안해. 끝없는 허전함과 고통을 안겨주고 결국 파멸로 이끌 것이네. 젊은이, 내가 있는 자리로 오게. 이곳은 안전하고 평온한 곳이네."

야사는 갑자기 정신이 번쩍 드는 것 같았다. 그는 얼른 황금 신발을

뱃사공 바부. 씹는담배인 빤을 무지하게 좋아하는 친구다.

바라나시의 갠지스 강에 배를 띄운 사람들. 한국인들이 많이 보인다.

벗고 부처님께 예배하고는 여쭈었다.

"성자시여, 이곳이 안전하고 평온한 곳이라고요? 이곳이 어디입니까?"

"사실은 자네가 있는 그곳이나 내가 있는 이곳이 다른 곳은 아니야. 선한 마음으로 보시를 베풀면 그곳이 안전하고 평온한 곳이라네. 올바른 규칙을 정해 지키고 살면 그곳이 안전하고 평온한 곳이라네. 욕심을 버린 생활이 있는 곳이 곧 안전하고 평온한 곳이지."

그 무렵 사라진 아들을 찾아 야사의 아버지가 사방을 헤매고 있었다. 숲까지 다다른 아버지는 뜀박질하며 달아나는 사슴들 사이에서 아들의 황금빛 비단옷을 발견했다. 온갖 상상 속에서 불안해하는 아버지를 부처님은 지켜보고 계셨다. 부처님은 신통력으로 아버지에게 아들의 모습이 보이지 않게 하셨다. 아버지가 부처님에게 다가와 물었다.

"성자시여, 혹시 이곳에 온 젊은이를 못 보셨습니까? 바로 내 아들입니다. 여기 내 아들의 옷이 있습니다!"

야사의 아버지는 비단옷을 보여주었다. 부처님이 말씀하셨다.

"우선 앉으십시오. 당신의 아들이 이 근처에 있는 것이 확실합니다. 여기 앉아 계시면 아들이 곧 당신을 찾아올 것입니다."

야사의 아버지가 자리에 앉자 부처님은 즉석에서 고뇌에 찬 야사의 아버지를 위해 설법을 하셨다. 긴 설법의 끝에 부처님은 말씀하셨다.

"무릇 인연에 의해서 모든 것이 생기고, 그렇게 생긴 것은 반드시 소멸합니다. 우리가 집착해야 할 것은 아무것도 없습니다."

야사는 부처님이 자신의 아버지에게 설법하시는 것을 옆에서 들으면서 부처님께 귀의할 것을 결심했다. 먼저 신앙 고백을 한 이는 그의 아버지였다. 야사의 아버지는 부처님의 두 발에 예배하고 합장했다.

"부처님의 법에 감동했습니다. 오늘부터 부처님의 법을 따르고 실천하겠습니다. 저를 받아주신다면 목숨이 다하는 날까지 부처님을 섬기는 우바새가 되겠습니다."

부처님은 야사의 아버지에게 다섯 가지 계를 주시며 충실히 지킬 것을 당부했다. 부처님께 예배를 드린 뒤에야 야사의 아버지는 옆에 앉아 있는 야사를 발견했다.

"야사야, 여기 언제 와 있었느냐? 신기하구나. 부처님의 말씀이 딱 맞았어. 내가 여기 앉아 있으면 네가 올 거라고 하셨는데. 너도 부처님의 말씀을 듣고 안정을 찾았느냐? 그래, 얼굴을 보니 편안해졌구나. 집으로 가자. 너의 어머니가 얼마나 걱정한 줄 아느냐?"

"아버지, 저는 이제야 안전하고 평화로운 곳을 알게 되었습니다. 저는 부처님께 출가하겠습니다."

부처님의 법이 훌륭하다고 생각하긴 했지만, 아들이 숲 속에서 수행자가 된다고 하자 아버지로서 가슴이 미어졌다. 아버지는 다시 한 번 부탁했다.

"야사야, 너의 어머니가 너 때문에 얼마나 큰 절망 속에 빠져 있는지 아느냐?"

부처님도 아버지의 뜻을 응원해주었다.

"그래, 아버지의 말씀을 들어라. 집에서 화려한 옷을 입고 황금신발을 신는다고 해서 타락한 삶을 사는 것은 아니다. 그런 삶 속에서도 욕망의 근원을 다스려 집착을 끊는다면 출가 수행자보다 훌륭하게 살 수 있다. 출가 수행자일지라도 욕망의 근원을 다스리지 못하면 출가했다 할 수 없다. 네가 어떤 마음가짐으로 사느냐에 따라 어떤 곳에서든 훌륭한 삶을 살 수 있다."

그러나 야사는 굽히지 않았다. 이제야 진정한 평화의 땅을 찾았는데, 여기서 포기할 수는 없다는 거였다. 야사의 아버지가 결국 뜻을 굽혔다.

"부처님을 믿고 저는 가겠습니다. 부처님을 저희 집으로 초대하고 싶습니다."

야사는 계를 받고 여섯번째 비구가 되었다. 야사의 아버지는 부처님과 제자들을 초청하여 공양을 올렸으며, 야사의 어머니는 부처님의 법문을 듣고 오계를 받아 최초의 우바이가 되었다. 남편의 출가에 절망해 있던 야사의 아내도 시어머니를 따라 두번째 우바이가 되었다.

야사의 출가 소식을 듣고 그의 친구들이 오히려 충격에 빠졌다. 그들은 친구를 잃은 슬픔에 빠져 사르나트를 찾아왔다.

"자네, 아름다운 아내를 두고, 언제 보아도 반가운 친구들을 두고, 어떻게 혼자서 출가할 수 있나? 도대체 무슨 일인가?"

이렇게 따지면서도 친구들은 야사의 평온한 얼굴에 알 수 없는 위엄이 깃들어 있음을 발견했다. 야사를 데려가려던 친구들이 도리어 야사의 태도에 감복했다. 친구들은 그 자리에서 모두 출가했다. 그 친구들의 친구들이 또 와서 비구가 되니, 사슴 동산의 비구는 60명이 되었다.

명상에 잠겨 있는 한 자이나교 신자.

녹야원에서 첫 설법을 행한 지 얼마 되지 않아 부처님의 제자들은 모두 아라한이 되었다. 이 세상에는 부처님을 포함하여 모두 61명의 아라한이 존재하게 되었다. 대성공이었다. 부처님조차 자신의 전법이 이토록 빠르게 성공할 줄은 꿈에도 생각하지 못했다. 부처님은 자신과 제자들의 사명이 이제 전법임을 확신했다.

"비구들이여, 나는 신과 인간을 구속하는 모든 굴레로부터 해방되었다. 그대들 역시 신과 인간을 구속하는 모든 굴레로부터 해방되었다. 이제 법을 전하러 길을 떠나라. 모든 중생의 이익을 위해, 많은 사람들의 행복을 위하여, 불쌍한 세상을 구제하러 길을 떠나라. 마을에서 마을로, 두 사람이 같은 길을 가지 말고 혼자서 가라.

비구들이여, 처음과 중간과 끝이 모두 좋아야 한다. 완전한 법을 최대한 논리적으로 설하라. 더불어 원만하고 완전하며 청정한 행동을 보여주어야 한다. 세상에는 아직 때가 덜 묻은 사람들이 있다. 그들은 법을 듣지 못하면 퇴보하겠지만, 법을 들으면 쉽게 진리를 깨달을 것이다.

비구들이여, 나도 법을 전하러 우루빌라의 세나니로 갈 것이다."

사르나트에서 충분한 실험을 거친 부처님의 전법은 이렇게 해서 세계만방으로 퍼지게 된다. 사르나트는 붓다의 교리가 구체적인 모습을 보이고 그 결과 최초로 교단이 형성된 곳이기에 영원히 잊을 수 없는 곳이다. 그런데 부처님은 사르나트에서 형성된 승가를 계속 끌고 가지는 않으셨다. 비구들로 하여금 각자 전법의 길을 떠나게 하셨다. 그러므로 사르나트는 전 생애에 걸친 부처님의 전법을 축소판처럼 보여 준 곳인 셈이다.

나는 사르나트를 두 번 다녀왔다. 모두 바라나시에서 묵으면서 하루 릭샤를 빌려서 다녀왔는데, 다음에는 꼭 오래 머무를 것이다. 오래 머무를 수 없다면 가고 또 갈 것이다.

04

—

법화경의 설법지
라지기르

보이지 않는 물방울이 시야를
이토록 완벽하게 가로막을 수 있단 말인가
부서지고 부서져도 공기가 되지 못하는
물의 카르마가 부서진 채로 부서지지 않는다

이 울타리에서 벗어나고 싶다
나는 힘껏 소리를 던져보았다
나의 목소리는 멀리 가지 못하고
대나무 이파리 속으로 사라진다

아 그래도 이 도시에 온천이 있어
가끔씩 대지의 젖을 먹자
대지의 젖가슴에서 독수리가 날아오를 때까지

붓다의 제자들이 경전을 결집한 곳으로
혼자서 가지 마라 세상이 너무도 무서워서
가난한 사람은 무서운 것이 없다

— 졸시, 〈라지기르의 안개 1〉

최초의 불교 사원,
죽림정사

■ 2008년 1월 29일(화)

11시에 보드가야를 떠나 가야에는 12시쯤 도착, 마침 라지기르 가는 버스가 바로 와서 쉽게 가야를 떠났다. 약 두 시간 반 만에 라지기르에 도착했다. 험준한 산자락이 보이기 시작하면 그곳이 라지기르다. 부처님은 전법을 시작한 지 얼마 안 되어 카샤파 형제를 비롯한 천 명의 비구와 더불어 이 길을 갔으리라. 그 많은 사람들이 길을 가는 모습을 상상해보았다. 한 이틀쯤 걸렸을까?

버스 정류장 근처에 있는 식당에서 밥을 먹고, 예정대로 미얀마 사원을 찾았다. 라지기르의 미얀마 사원은 다른 사원과는 달리 일정 액수의 방값을 받는다. 숙소가 깨끗하고 틈틈이 법당에 들어갈 수 있어 참 좋다. 여장을 풀고 보니 동행한 최창근 씨의 지갑이 없었다. 버스

죽림정사의 대나무 숲.

죽림정사의 연못가 풍경.

안에서 잃어버린 것 같다. 오른쪽 바지 주머니에 넣었다는데, 한숨 자고 오는 동안 흘렸음이 틀림없다. 사원 지배인에게 물어보니 그렇게 잃어버렸다면 찾기 힘들다고 했다. 혹시 길에 흘렸을지 몰라 우리가 왔던 길을 거슬러 식당까지 가보았다. 식당에 혹시 흘렸나 해서 주인에게 물어보니 역시 보지 못했다고 한다. 우리는 가난한 인도인이 주웠다면 좋겠다고 생각하고 잊어버리기로 했다. 버스에서 잃어버렸다면, 분명 가난한 사람이 주웠을 것이다.

라지기르는 붓다의 흔적이 가장 많이 남아 있는 곳일 뿐만 아니라 〈영산회상(靈山會上)〉에 친숙한 한국인에게는 꿈의 고장이기도 하다. 〈영산회상〉의 영산이 바로 영취산(靈鷲山)이요, 그 산은 바로 라지기르의 그리드라쿠타이기 때문이다. 최초의 불교 사원이라 할 수 있는 죽림정사(베누바나비하라)가 있는 곳 또한 라지기르다. 스라바스티와 더불어 붓다의 신화가 가장 많이 형성된 곳이기도 하다. 신화가 많이 생겼다는 것은 그만큼 많은 시련이 있었다는 뜻이기도 하다. 신화는 대체로 시련을 이겨내는 곳에서 생겨나기 때문이다.

라지기르는 부처님이 마지막 여행을 시작한 곳이기도 하다. 부처님은 생애 마지막 여행으로 라지기르를 출발하여 바이샬리를 거쳐 케살리, 쿠쉬나가르로 떠났다. 라지기르는 석가모니의 역사성을 가장 극명하게 증명해주는 도시다. 그런 석가모니의 40여 년간의 흔적을 한꺼번에 돌아보며 나는 한없는 감동에 젖었다.

부처님이 열반에 드신 지 900여 년 후에 라지기르를 방문했던 법현

장미 덩굴이 코끼리 모양을 만들 수 있도록 만든 코끼리 모형.

죽림정사에서 만난 사이좋은 오누이.

(法顯) 스님은 이곳에서 법화경을 직접 듣지 못한 자신이 복이 없다고 한탄했다고 한다. 그러나 나는 법화경을 설한 장소가 아직도 남아 있어 우리가 방문할 수 있다는 것만으로도 축복받았다고 생각한다.

라지기르에 오면 최초의 불교 사원인 죽림정사를 찾아보게 된다. 동네 청소년들이 크리켓을 하기도 하는, 넓은 공터처럼 생긴 옛 왕사성의 북문 곁에 죽림정사가 있다. 이름 그대로 대나무 숲이 우거져 있고 커다란 연못이 있어 조용히 산책하기에 좋은 곳이나, 그 옛날 붓다의 흔적을 찾아보기는 힘들다.

그러나 죽림정사는 부처님의 생애에서 각별한 의미가 있다. 부처님은 출가한 후 줄곧 집이 없었다. 죽림정사를 지으면서 부처님께도 집이 생겼다. 그러나 부처님은 그 집에 안주하지 않았다. 안주하지 않고 끊임없이 길을 떠난 삶, 그것이 부처님의 삶이었다. 끊임없이 길을 떠나야만 많은 중생을 만날 수 있었기 때문이다.

마가다국의 빔비사라 왕과 부처님의 인연은 특별했다. 부처님이 성도 전 라지기르에서 수행할 적에 빔비사라 왕은 부처님을 만나 "깨달음을 얻으시거든 부디 이 나라에 와서 제게 가르침을 주시기 바랍니다"라고 부탁했었다. 보드가야에서 카샤파 삼형제를 교화시킨 부처님은 라지기르의 빔비사라 왕이 생각났다.

부처님은 제자들과 함께 가야산을 넘어 라지기르로 향했다. 산마루를 넘은 부처님과 제자들은 서남쪽 교외의 평화롭고 한적한 숲의 사당에 머물렀다. 앙가 왕국과 마가다 왕국 백성들의 성소인 그곳에는 종파와 상관없이 수행자들이 머물 수 있도록 편의가 제공되고 있었다. 석가족의 성자가 우루빌라카사파와 함께 왔다는 소식이 순식간에 라지기르 전역에 퍼졌다.

"정말로 고타마가 부처님이 되어 우리나라를 찾아주셨구나. 부처님을 뵙게 되다니 참으로 행복하구나."

성도 전에 싯다르타를 만났던 빔비사라 왕은 그가 훌륭한 수행자임을 금방 알아보았다. 사당 입구에 도착해 수레에서 내린 왕은 맨발로 걸어 들어갔다. 그는 부처님 앞에 다가가 발아래 머리를 조아렸다. 빔비사라 왕을 따라온 대신과 바라문들 역시 부처님 두 발에 예배하고 한쪽에 앉았다. 부처님의 설법을 들은 빔비사라 왕은 깊은 환희심에 젖었다. 그는 부처님을 자주 뵐 수 있으려면 부처님과 제자들이 머물 곳을 마련해드려야겠다고 생각했다.

다음 날 부처님과 제자들을 초대한 빔비사라 왕은 식사를 마치고 부처님께 말씀드렸다.

"부처님이시여, 부처님께서 이 나라에 오시면 머무실 곳이 필요합니다. 사람들이 쉽게 오갈 수 있으면서도 조용하고 깨끗하고 많은 사람들이 설법을 들을 수 있는 곳이면 좋겠습니다. 저에게 깨끗하고 조용한 숲이 있으니, 그곳에 머무십시오."

빔비사라 왕의 청을 수락한 부처님은 제자들과 죽림으로 향했다. 이렇게 하여 교단 최초의 도량, 죽림정사가 창건되었다. 초기에 부처님은 죽림정사에서 포교 활동을 많이 하셨으며, 세 번의 우안거(雨安居)를 보내셨다. 부처님이 죽림정사에 머무르는 동안 사리풋타와 마하목갈라나, 마하카사파 같은 뛰어난 제자들이 부처님께 귀의했으며, 체계적인 계율이 제정되었다. 죽림정사는 최초의 절이자 불교 교단이 자리를 잡는 데 중요한 기반이 되었던 것이다.

죽림정사에 터전을 둔 부처님의 교단은 금세 카샤파 삼형제가 이끈 천 명의 비구, 사리풋타와 마하목갈라나가 이끈 250명의 비구가 더해져 1250명의 비구로 구성된 큰 승가로 변모했다. 부처님에게 끊임없이 도전했던 데바닷타도 이곳에서 출가했다. 그때까지 부처님의 법을 방해한 이가 마라였다면, 이제부터는 데바닷타가 그러했던 것이다.

데바닷타와 부처님의 악연

부처님의 생애를 살펴보면 부처님의 삶이 결코 순탄치 않았음에 놀라곤 한다. 그것은 어쩌면 부처님이 안주하는 삶을 살지 않으셨기 때문일지도 모른다. 마가다국의 빔비사라 왕이 죽림정사를 바쳤지만, 부처님은 그 안락한 장소에 오래 머물지 않으셨다. 우기가 끝나면 안락하고 편안한 정사를 떠나 다른 곳으로 전법 여행을 떠나셨다.

부처님과는 전혀 반대되는 삶을 산 수행자가 있다. 부처님의 사촌 데바닷타였다. 부처님이 집에서 안주하지 않고 길 위에서 생애의 대부분을 보낸 반면, 데바닷타는 깨끗한 우물과 연못이 있고 빔비사라 왕의 후원이 끊이지 않는 죽림정사를 떠나지 않았다.

데바닷타는 재주도 많고 욕심도 많아 제법 뛰어난 실력을 자랑했다. 지혜제일의 사리풋타까지도 한때는 그를 '신통과 위력이 뛰어난 비구'라며 사람들 앞에서 칭찬한 적이 있다. 하기야 명석한 두뇌가 있고 언변이 유창하여 누구에게나 비위를 맞춰줄 줄 알고, 나중에는 신통력까지 배웠으니, 겉으로 보기에는 뛰어난 사람으로 보일 수밖에 없었다. 그러나 재주 있는 사람이 덕이 없을 때 그 재주가 오히려 화가 될 수 있음은 물론이다.

데바닷타는 노골적으로 자신을 따르는 사람들을 챙겼기 때문에 그의 주위에는 권력과 재산을 향유하는 이들이 많았다. 그가 빔비사라 왕과 비데하 왕비 사이에서 태어난 왕자 아자타샤트루의 스승이 되고 아자타샤트루가 태자가 되자, 그의 위세는 천정부지로 치솟았다.

아자타샤트루는 스승 데바닷타를 위해 매일같이 500대의 수레로 음식을 날랐다. 승가에 보시한 물품은 승가 구성원들에게 고루 분배하는 것이 부처님의 율법이었지만, 데바닷타는 자기를 따르는 이들에게만 공양과 물품을 제공함으로써 일종의 자기 가족을 만들었다. 맛있는 음식과 좋은 가사에 끌려 승가 안에서도 데바닷타를 따르는 이들이 나날이 늘어갔다. 부처님은 그런 데바닷타의 무리와 데바닷타를 부러워하는 비구들을 두고 말씀하셨다.

"비구들이여, 많은 재물과 드날리는 명성은 수행자에게 타오르는 불과 같다. 불이란 유익한 것이지만 조금만 소홀히 다루면 엄청난 재앙을 불러온다. 비구들이여, 털이 긴 양이 가시덤불 속으로 들어가면 덩굴에 휘감겨 옴짝달싹 못하고 생명을 잃게 되듯이, 많은 재물과 높은 명성을 탐하는 비구는 본분을 잃고 마침내 불행에 빠지게 된다. 바나나무가 많은 열매를 맺으면 말라죽는 것을 보며, 감당하기 힘든 공양과 명성은 자신을 죽이는 것임을 명심하라."

참으로 기가 막힌 비유다. 재물이 없으면 어떤 일도 벌이기 힘든 자본주의 사회에서는 더욱 새겨들을 말씀이다. 그러나 권력과 명예에 맛들인 데바닷타의 야욕을 잠재울 수는 없었다. 라지기르에서 부처님 못지않게 크나큰 명성을 얻은 데바닷타는 드디어 교단을 넘보았다. 부처님과 데바닷타의 본격적인 싸움이 시작되는 순간이었다. 어느 날 부처님의 설법이 끝난 후 데바닷타가 일어나 합장하며 말했다.

"부처님이시여, 세존께서는 죽림정사를 창건하시고 우리 교단의 기반을 훌륭하게 마련하셨습니다. 이제 편히 쉬십시오. 교단은 제가 잘 통솔하겠습니다."

좌중에는 빔비사라 왕을 비롯한 대신들과 태자 아자타샤트루, 종단의 장로들까지 수많은 사람이 자리하고 있었다. 부처님은 잠시 아무 말씀도 없으셨다. 부처님이 침묵을 지키자, 데바닷타가 다시 한 번 아뢰었다.

"세존이시여, 저는 우리 교단을 훌륭히 키워 나갈 자신이 있습니다. 부디 허락해주십시오."

그러나 여전히 부처님은 생각에 잠겨 있었다. 데바닷타는 다시 한 번 재촉했다.

"더 많은 사람들이 우리 교단에 귀의할 것입니다."

드디어 부처님이 입을 여셨다.

"데바닷타야, 나는 우리 교단에서 가장 충실한 수행자이자 훌륭한 인품을 갖춘 사리풋타와 마하목갈라나에게조차 교단의 통솔권을 맡기지 않았다. 아직 탐욕을 여의지 못한 너에게 어찌 교단을 맡길 수 있단 말이냐!"

데바닷타는 분노를 삼키며 자리에서 일어서면서, 반드시 교단을 차지하고 말겠다고 다짐했다. 그에게는 든든한 후원자 아자타샤트루가 있었다. 아자타샤트루도 스승의 기운을 받아 욕심이 많았다. 아자타샤트루는 쿠데타를 일으켜 아버지 빔비사라 왕을 감옥에 가두고 왕위에 올랐다. 이에 착안한 데바닷타는 자신도 부처님을 죽이리라 마음먹었다. 그는 아자타샤트루의 궁수를 고용하여 영취산에서 부처님께 활을 쏘게 하려 했다.

궁수들은 부처님께 활을 쏘기 위해 영취산을 올랐다. 부처님은 대중을 모아놓고 법을 설하고 계셨다. 설법이 끝나면 활을 쏘기로 서로 약속했으나, 설법을 다 들은 궁수들이 부처님의 말씀에 감화되어 그 자리에서 출가하고 말았다.

데바닷타는 더욱 화가 났다. '안 되겠다. 내가 직접 살해하고 말리라.' 그는 어느 날 산마루에서 큰 바윗덩이 하나를 준비하고는 산을 내려가시는 부처님을 기다렸다. 앞에 내려가시는 부처님을 향해 그는 바윗덩이를 굴렸다. 바윗덩이는 바로 밑에 있는 바위에 부딪혀 산산조각이 났고 부처님께 굴러가지 못했다. 그러나 그중 한 조각이 튀어 부처님의 발에 박혔다. 상처가 꽤 깊었다. 의사 지바카가 파편이 박힌 발을 째고 수술을 했다. 빔비사라 왕 때부터 왕의 주치의였던 지바카는 왕의 명으로 승가의 주치의를 겸하고 있었다. 지바카는 부처님께 여쭈었다.

"부처님, 통증이 심하진 않으셨습니까?"

의사 지바카가 불교 교단에 바친 절의 터.

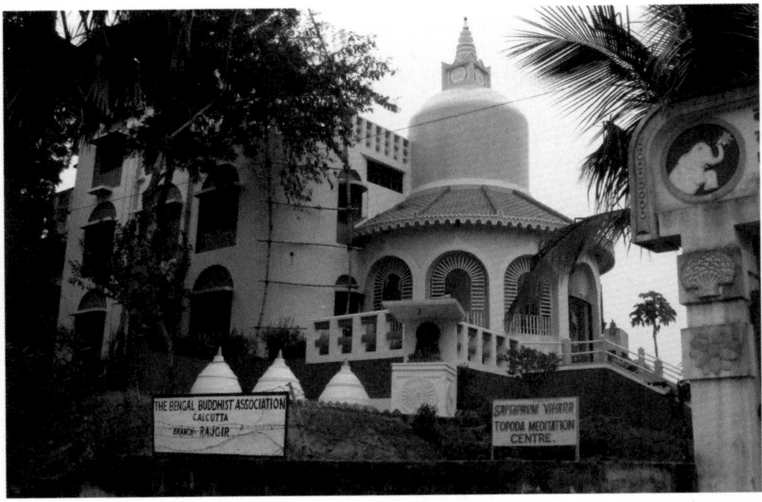

라지기르의 인도 불교 사원. 2001년에는 이 절에서 묵었다.

"지바카여, 나 여래는 윤회라는 긴긴 여행의 종착점에 도착했습니다. 모든 번뇌와 방해와 핍박에서 벗어났습니다. 그러나 마음속의 번뇌가 모두 소멸했어도 몸의 통증만큼은 어쩔 수 없습니다."

이 말은 부처님이 설사 인간으로서 최고의 경지에 도달했다 해도 육체적 고통만은 여읠 수 없음을 보여준다. 결국 인간은 어떤 경우에도 고통 없기를 바랄 수는 없다. 편안하게만 사는 삶이 성공한 삶이 아니다. 깨달음을 얻은 후 열반에 들었다면 부처님의 삶은 그야말로 평온한 삶이었을 것이다. 그러나 그 평온한 삶을 마다하고 부처님은 고난을 자초했다. 고난을 자초했기에 그의 삶은 많은 신화를 남겼고, 우리는 그의 신화를 믿고 있다.

데바닷타는 자신의 계획이 번번이 실패로 돌아가자 상심했다. 고뇌하는 스승을 보고 아자타샤트루가 나섰다.

"스승님, 날라기리에게 술을 잔뜩 먹여서 부처님이 지나가는 길목에 풀어놓는 것은 어떻겠습니까?"

"좋은 생각입니다. 그리해보지요."

날라기리는 전장의 선봉에서 길을 여는 용맹한 코끼리였다. 아자타샤트루는 부하를 시켜 날라기리에게 술을 잔뜩 먹이고는 성문을 들어오는 붓다를 향해 풀어주었다. 술에 취한 날라기리는 화가 잔뜩 난 듯 빠른 속도로 뛰기 시작했다. 성문으로 들어서던 사람들이 순식간에 흩어졌다. 비구들이 부처님을 에워쌌다.

"부처님, 어서 피하십시오!"

"비켜라, 누구도 내 앞을 가로막지 마라!"

앞에서 두 팔을 벌려 코끼리의 길을 막고 있던 아난다가 비켜섰다. 그때 어린아이의 자지러지는 울음소리가 들렸다. 술 취한 코끼리의 갑작스런 출현에 놀란 한 여인이 아이를 떨어뜨리고 도망친 것이었다. 그 소리가 거슬렸는지 날라기리는 긴 코를 휘두르며 아이에게 달려들었다. 기둥보다 굵은 앞발을 치켜들고 아이를 짓밟아버릴 태세였다. 그때 부처님의 다급한 목소리가 들려왔다.

"날라기리, 멈춰라! 내가 여기 있다!"

부처님은 코끼리에게 다가갔다.

"어린아이를 덮치라고 너에게 술을 먹이진 않았을 것이다. 아마도 날을 밟아주라고 너에게 술을 먹인 듯하구나. 어린아이를 놓아두고 어서 이리로 오라. 튼튼하고 자랑스러운 너의 다리를 수고스럽게 하지 마라."

코끼리의 태도가 갑자기 돌변했다. 눈빛이 선해진 날라기리는 천천히 코를 내리고 귀를 흔들며 부처님 앞에 두 무릎을 꿇었다. 앞으로 다가간 부처님이 날라기리의 미간을 쓰다듬으며 말씀하셨다.

"산 생명을 죽여서는 안 된다. 이제부터 자비로운 마음을 길러라."

그날 부처님께서는 걸식을 하지 않고 죽림정사로 돌아오셨다.

이렇게 라지기르는 부처님과 데바닷타의 대결이 본격적으로 시작된 곳이다. 승리는 항상 부처님의 것이었다. 승리의 대가는 물론 없었지만, 부처님의 친족이기도 한 데바닷타의 반역은 그 누구의 길에도 방해자가 없을 수 없음을 보여주는 사례다. 부처님께 패배한 이들은 대부분 부처님께 귀의했으나 마라와 데바닷타만은 예외였다.

부처님의 관용과 타이름에도 불구하고 데바닷타는 자신의 허물을 뉘우치지 않았다. 도리어 자신의 야욕을 그럴싸한 명분으로 위장하고 승가의 분열을 조장했다. 수행자라면 반드시 고행을 생활화해야 한다는 데바닷타의 주장에 몇몇 명망 있는 비구와 비구니가 따랐다. 그리고 새로 출가한 500명의 왓지족 출신 비구들이 동조하고 나섰다. 데바닷타는 그들을 이끌고 가야산으로 가서 별도의 승가를 선포했다. 부처님 살아생전에 이미 파벌이 생겼다는 것은 시사하는 바가 크다. 언제나 장애 없이 순조롭기만 한 일은 없는 법이다.

빔비사라 왕의 비극

라지기르에 오면 슬픈 이야기를 되새기지 않을 수 없다. 바로 빔비사라 왕과 그의 아들 아자타샤트루에 얽힌 이야기다. 지바카의 망고 농장이나 영취산으로 가기 위해 통가(마차)를 타면 먼저 빔비사라 왕의 감옥을 들르게 된다. 아무것도 없는 정방형의 터에 남은 돌담만이 세월의 무상함을 전해주고 있다.

빔비사라 왕의 비극에도 데바닷타가 연결되어 있다. 데바닷타는 아자타샤트루가 왕위에 오르면 자신도 교단을 차지할 수 있으리라 생각했다. 데바닷타는 태자 아자타샤트루를 부추겨 아버지를 죽이고 왕위에 오를 것을 재촉했다.

"태자님, 어서 왕위에 오르셔야 합니다. 빔비사라 왕께서는 아마도 오래 사실 겁니다. 왕위를 물려주실 때까지 기다렸다간 태자님은 백발이 성성한 후에야 왕위에 오르실 수 있을 겁니다. 결단을 내리셔야 합니다."

쿠데타를 일으켜 왕위에 오른 아자타샤트루는 아버지를 산 밑에 있는 감옥에 가두었다. 그는 아버지를 굶겨 죽일 생각으로 사람들의 출입을 통제하고 음식을 일절 공급하지 않았다. 오직 어머니 비데하 왕비만이 아버지를 면회할 수 있도록 했다. 물론 어머니조차 음식을 못 가져가게 했다.

비데하는 남편을 살릴 길을 생각해보았다. 먹을 것은 아무것도 가지고 갈 수 없었으므로 자신의 몸에 숨겨서 가야 했다. 그녀는 자신의 몸에 밀가루와 꿀을 발라가지고 들어가 남편으로 하여금 떼어 먹게 했다.

꽤 여러 날이 지난 후 아버지가 세상을 떠났을 것이라 생각했던 아자타샤트루는 아버지가 생생한 것을 보고 부하들에게 물었다.

"도대체 어찌하여 선왕이 살아 계시는 것이냐?"

"왕이시여, 선왕께서는 매일 창문을 통해 영취산에 계신 부처님을 뵙고 예배하기 때문에 끄떡없으십니다."

아자타샤트루는 감옥의 창문을 모두 막아버리고는 빔비사라 왕이 일어설 수 없게끔 발목을 잘라버렸다. 그는 또 어머니가 몸에 밀가루와 꿀을 발라서 아버지에게 제공했다는 사실을 알고 어머니도 후궁에 가두었다.

빔비사라는 절망 속에서 죽음을 향해 줄달음질치고 있었다. 그런 중에도 비데하는 매일 아들을 설득했다.

"이제 발목이 잘린 아버지가 어떻게 다시 일어서겠느냐? 지금이라

빔비사라 왕이 갇혔던 감옥 터.

안개에 파묻힌 라지기르의 풍경.

도 목숨을 살려주도록 해라.”

아자타샤트루도 자신이 너무했다는 생각이 들어 군사들을 보내어 아버지를 모셔오라고 했다. 그러나 빔비사라 왕은 요란한 발소리가 나자 자신을 죽이러 오는 줄 알고 놀라서 심장마비로 죽고 말았다.

이런 슬픈 사연이 감옥 터의 돌멩이 하나하나에 새겨져 있는 듯해 마음이 갑자기 바윗덩이를 안은 것처럼 무거워졌다. 이곳에서는 죄인들에게 채우는 족쇄를 비롯한 체형 기구들이 발굴되었다 한다. 부처님 열반 8년 전에 이렇듯 혹독한 비극이 있었으니, 그 비극은 아자타샤트루도 피해갈 수 없었다.

멀리서 달려온 마차가
내 바로 앞에서야 마차가 된다
뚜벅뚜벅 걸어온 그림자가
가까이 오더니 사람이 되었다

무슨 조화인가 법화경 들으러 영취산 가는 길
멀리서 보고 나는 보석인 줄 알았다
그것은 뼈가 튀어나온 개의 시체였다
냄새와 살이 풍성한 벌레의 먹이였다

거지들이 길을 가로막고 손을 내밀자
산을 오르는 계단 몇 개가 늘어났다

안개 속에서 태어난 원숭이가 채간 것이
옥수수가 아니라 가난이라면

붓다라면 허허 웃으셨겠지
아니 하나 더 내미셨겠지
강냉이가 아니라 팔뚝이라도
붓다의 팔뚝이 거지들의 모닥불로 타오를 때

빔비사라 왕은 아들의 발소리를 듣더니 자결했다
뉘우친 아들이 아버지에게 사죄하러 온 것이었으나
아들은 언제나 한발 늦게 마련이다
그날도 오늘처럼 안개가 무성했을 것이다

— 졸시, 〈라지기르의 안개 2〉

어느 겨울 안개가 무성한 날, 나는 빔비사라 왕을 생각하면서 한 편의 시를 썼다.

법화경을 설하신 영취산

〈영산회상〉을 들을 때마다 나는 마음속으로 영취산을 그려보곤 했다. 《법화경(法華經)》을 읽은 후에는 더욱 그랬다. 영산이 곧 영취산이고, 법화경을 설했다는 유명한 산이 바로 영취산이다. 영취산은 꼭대기의 바위 모양이 독수리가 날개를 접고 앉아서 쉬고 있는 형상이라 하여 독수리봉이라고도 한다.

■ **2008년 1월 30일(수)**

그리드라쿠타(영취산)를 올랐다. 거지들이 손을 벌려 손님을 반갑고 처절하게 맞아주었다. 계단을 오를수록 부처님의 목소리가 귓전에 들리는 듯했다. 7년 전에 올 때는 그야말로 한적했었는데, 지금은 티베

영취산 오르는 길. 빔비사라 왕이 닦은 길이어서 빔비사라 길이라고도 부른다.

영취산은 꼭대기의 바위 모양이 독수리가 날개를 접고 앉아 있는 형상이라 하여 독수리봉이라고도 한다.

트 사람들이 대거 몰려와서 성지를 성지답게 해주고 있다.

부처님이 법화경을 설하신 정상 주위에는 몇 개의 석굴이 남아 있다. 석굴에는 아난다와 수부티, 마하목갈라나 같은 부처님의 십대 제자들 상을 모셔놓았다. 나는 아난다를 모신 석굴에 들어가 참배했다. 이 석굴 속에서 부처님과 제자들이 기거했음을 생각하면 가슴이 뭉클해진다. 어두운 밤, 술도 없이 그들은 무엇을 했을까? 가끔 모여서 다과회 같은 것도 하지 않았을 것 같은데, 긴긴 어두운 밤을 어떻게 보냈을까? 진리를 향한 수행자들의 의지는 너무나도 뜨거워, 나는 마음이 끓어오르는 것 같은 느낌이 들었다.

영취산은 많은 나무들과 꽃들을 데불고 푸른 하늘을 머리에 이고 바람을 이겨내고 있었다. 이곳에서 법화경이 설해질 때는 바람도 멈추어서 그 소리를 들었을 것 같다. 아니면 바람이 부처님의 목소리를 싣고 멀리 전달해주었을 것 같기도 하다. 나는 산꼭대기에 올라 수많은 나무를 바라보았다. 나무들이여, 너희들은 몇 살인가? 너희들도 법화경을 들었는가? 우리의 할아버지의 할아버지의 할아버지가 법화경을 듣고 크게 깨우쳤다고 대답하는 나무가 몇 있었다. 나는 영취산 나무들에게 합장했다.

부처님은 이곳 영취산에 머무시는 동안 수많은 경전을 설하셨다. 빔비사라 왕은 부처님의 경을 듣거나 조언을 구하기 위해 여러 차례 이곳을 방문했다. 부처님 머무시는 곳에 쉽게 오갈 수 있도록 빔비사라 왕은 계단을 만들었다. 그리하여 영취산 오르는 길은 '빔비사라

부처님의 십대 제자 중에 아난다를 모신 석굴사원.

여래향실에서 공양을 올리는 티베트 사람들.

길'이라고도 한다. 계단을 오르다보면 두 개의 스투파가 나온다. 첫번째 스투파에서 빔비사라 왕은 가마에서 내려 걸어갔다고 하고, 두번째 스투파에서는 신하들을 물리치고 혼자서 부처님을 뵈러 올라갔다고 한다. 무장한 군인들이 부처님의 도량을 어지럽히는 것은 예의가 아니라고 생각했기 때문이다.

영취산 꼭대기에는 간다쿠티, 즉 여래향실이라고 불리는 부처님의 설법 장소가 있는데, 그 옆에는 부처님을 시봉했던 아난다의 시자실이 기단부만 남아 있다. 이곳 정상부에서 출토된 설법상 및 과거칠불상, 미륵보살상, 연꽃봉오리의 형상과 기타 유물들은 날란다 박물관에 보관되어 있다.

《법화경》〈견보탑품(見寶塔品)〉에는 부처님 앞에 칠보(七寶)의 탑, 즉 다보탑이 나타난다는 내용이 나온다. 그 탑은 인도에 있는 일반적인 탑과는 달리 온갖 보석으로 치장되어 매우 화려하다. 그 탑이 나오는 이유도 신비롭기 그지없다. 먼먼 옛날, 동방의 무량(無量) 천만억 아승기(阿僧祇) 세계 지나 한 나라가 있었는데, 이름하여 보정국(寶淨國)이었다. 그 나라에는 다보(多寶)라는 부처님이 계셨다. 그 부처님은 "내가 성불하여 멸도한 후에 시방국토 어디든 법화경을 설하는 곳이 있으면, 그 경을 듣기 위해 그 앞에서 솟아날 것이다"라는 서원을 세웠다. 그리고 다보여래는 멸도하실 때 천신과 사람들이 모인 가운데 비구들에게 이렇게 일렀다. "내가 멸도한 후에 큰 탑 하나를 만들어라. 그 탑은 나의 상징이다. 만약 법화경을 설하는 곳이 있으면, 나는 다보탑으로 나타나 경을 들으리라." 그리하여 머나먼 과거에 만들어진 탑이 다보탑인데, 이 탑은 법화경을 설하는 곳이 있으면 경을 들으러 나타난다는 것이다. 부처님이 법화경을 설한 영취산에는 실제로 다보탑이 있었다고 전한다. 아마도 현재 일본인들이 세운 '평화의 탑' 자리가 아닌가 싶다.

그 다보탑 사상이 우리에게도 와서 불국사에 다보탑이 봉안되었다. 석가탑이 석가모니 부처님을 상징한다면, 그중 법화경을 설하는 부처님을 상징한다면, 다보탑은 법화경을 들으러 나타난 먼 과거의 부처님인 다보여래를 상징한다. 영취산에서는 이렇게 무궁무진한 이야기가 샘솟고 있다. 또 한 가지 우리에게 잘 알려진 이야기가 전해진다.

영취산에서 머물던 부처님은 어느 날 설법 도중 갑작스레 한 송이 꽃을 들어 대중에게 보이신바, 모든 대중이 어리둥절해 있었는데 마하카샤파만은 부처님께서 꽃을 들어 보이신 뜻을 알아채고 빙그레 미소를 지었다. 이에 부처님께서는 "여래에게 정법안장(正法眼藏) 열반묘심(涅槃妙心)이 있으니, 이를 마하카샤파에게 전하노라"라고 말씀하셨다. 이렇듯 대중 앞에서 마하카샤파를 지목하신 뜻은 부처님 열반 후 불교 교단의 모든 권한과 부처님께서 남기신 마음의 법을 마하카샤파에게 부촉하신 것이라고 할 수 있다.

생애의 끝자락, 영취산에 오랫동안 머물러 계셨던 부처님은 이제 열반의 때가 가까워진 것을 아시고 이곳을 떠나 날란다를 거쳐 파트나로 향하셨다. 그곳에서 바이샬리를 향해, 또다시 쿠쉬나가르를 향해 떠나신 부처님께서는 아마도 그 열반의 노정에 앞서 큰 가르침을 펼치기 위해 이곳 영취산에서 법화경을 설하셨을 것이요, 열반을 향해 나아가시는 그 도정에서 열반경을 설하셨을 것이다.

라지기르에서 쿠쉬나가르까지 이어질 나의 여정은 부처님께서 열반을 향해 가신 길과 흡사하다. 나는 사리풋타와 마하목갈라나의 고향이자 세계 최초의 종합대학인 날란다 대학 유적지가 있는 날란다를 거쳐, 파트나를 지나 바이샬리에서 머물렀다가, 다시 길을 떠나 쿠쉬나가르로 갈 예정이다.

칠엽굴과 아난다

라지기르에서 꼭 방문하고 싶었던 곳으로 칠엽굴(삽타파르니)을 빼놓을 수 없다. 칠엽굴은 부처님이 열반에 드신 후 부처님의 말씀을 모아 1차 경전 결집을 했던 장소이기 때문이다. 부처님의 경전이 없었던들 우리는 부처님 이야기를 알지 못했을 것이고, 내가 여기까지 오지도 않았을 것이다. 그런 고마운 장소를 꼭 찾아가 보고 싶었다.

칠엽굴 가는 길은 '토포다 나디'라 불리는 온천 옆으로 나 있다. 물이 있는 곳은 어디나 성지인 인도인들에게 따뜻한 물이 나오는 온천은 더욱 성스러운 장소일 수밖에 없다. 온천을 중심으로 힌두교 사원이 세워져 있다. 온천을 오른쪽에 두고 길을 오르면 구불구불한 산길이 나온다. 이곳 사람들은 나무를 해다 땔감으로 쓰는 사람들이 많은 것 같다. 아낙네들이 나무를 해서 머리에 이고 오는 모습을 쉽게 볼 수 있다. 우리의 1970~80년대 농촌 풍경과 비슷하다.

얼마 가지 않아 핍팔라 석실이 나온다. 마하카샤파가 수행하기 위해 거처했던 곳이다. 석실은 약 25미터의 정방형 기단 위에 7미터 정도의 높이로 세워져 있다. 이곳에서 라지기르 전체를 조망할 수 있기 때문에 사람들은 이곳을 전망대라 부르기도 한다.

부처님 입멸(入滅) 후 부처님의 수제자인 마하카샤파는 부처님의 가르침을 경전으로 집결해야겠다고 생각했다. 부처님의 마지막 유언이 "너 자신을 너의 섬으로 삼고, 법을 너의 섬으로 삼아라"라고 했으니, 나 자신을 지탱할 가장 중요한 축의 반을 법에서 찾아야 하거늘, 그 법을 정리하여 후세에 물려줄 필요가 있었던 것이다. 부처님 입멸 6개월 후 마하카샤파는 수메루(수미산)에 올라 간타(명상할 때 쓰는 타악기의 일종)를 치면서 "이제 라지기르에서 부처님의 가르침을 기록하려 합니다. 아라한과를 증득한 사람들은 집결해주시기 바랍니다"라고 외쳤다. 간타 소리는 아라한과를 얻은 사람들에게 전해져 모두 라지기르에 모였다고 하는데, 마하카샤파는 그중에서 500명만 골라 경전 결집에 참여토록 했다.

그런데 안타까운 일이 있었다. 부처님을 가장 가까이서 모신 수행제자이자 기억력 제일의 아난다는 아라한과를 증득하지 못해 경전 결집에 참여할 수가 없었다. 전설에 따르면, 칠엽굴 입구는 사람이 들어가기 힘들 정도로 좁았는데, 아라한과를 증득한 이는 그 입구를 통해 들어갈 수 있었지만, 그렇지 못한 이는 들어갈 수 없었다 한다. 아난다는 석실의 서북쪽에서 비파사나 수행에 정진했고, 며칠 만에 아라한과를 증득했다. 아난다가 참여하자 경전 결집이 순조롭게 진행되어

라지기르의 온천 사원, 토포다 나디.

나무를 이고 오는 라지기르의 여인들.

우기 3개월 동안에 1차 경전 결집을 완료할 수 있었다.

핍팔라 석실에서 한참 더 올라가면 자이나교 사원이 나온다. 자이나교 사원에서 끝날 것 같은 길이 자세히 보면 밑으로 나 있는 것을 확인할 수 있다. 그 길을 따라 조금만 내려가면 라지기르 시내가 한눈에 내려다보이는 곳에 석굴이 있다. 현재 세 개의 큰 굴이 보이는데, 그중 가운데 석굴은 제법 깊숙이 들어가 볼 수 있지만, 손전등이 없으면 캄캄해서 아무것도 안 보인다.

기억력 제일의 아난다는 대중 앞에서 큰 소리로 말했다고 한다.

"이와 같이 나는 들었다. 한때 부처님이 왕사성 밖 영취산 가운데 머무시면서 비구 이천 명과 더불어 계셨는데……."

오백 아라한이 아난다를 따라 복창했다. 아난다는 부처님의 일거수 일투족부터 시작하여 자신이 기억한 것을 낱낱이 외웠고, 서로 기억이 다른 부분은 토론을 거쳐 조정했다. 그렇게 한 경전이 끝나면 모든 청중이 그 경전을 외웠고, 그리하여 그 경전은 하나의 경전으로 정리되어 완성되었다. 완성된 경전은 입에서 입으로 전해지다가 나중에 팔리어나 산스크리트어로 정리되어 세상에 공개되었고, 그 인연으로 나는 여기에 왔다.

나는 이 신화의 현장에서 마음껏 상상의 나래를 펼쳤다. 빽빽이 들어찬 동굴 안에 오백 아라한의 눈동자들이 모여 구슬처럼 반짝였다. 구슬이 서로 부딪쳐 영롱한 소리를 내는 것 같았다. 만질 수 있을 것 같은 그 소리의 근원을 찾아 어두운 굴속으로 귀를 기울여보았다. 나는 들었다, 아난다의 낭랑한 목소리가 동굴의 어둠 속에서 새가 되어 푸드덕 날아오르는 소리를.

05

—

유마거사의 고향
바이샬리

사랑하는 이여,
당신은 기어이 떠나시는군요.
더 이상 당신을 따라갈 수 없게
당신 뒤에 강물을 만드시는군요.
강물을 헤치고 당신을 따라가고 싶지만
그것은 당신의 뜻이 아닐 테지요.

이렇게 헤어져야 합니까?
당신도 아쉬워하시는군요.
돌아서는 당신의 몸동작이
마치 코끼리가 몸을 한 바퀴
돌리는 것과 같습니다.

가지 마시라는 말씀은 드릴 수 없습니다.
다만 사무치게 그립습니다.
그리워하지 말라는 말씀은
하지 않으시리라 믿습니다.
다만 사무치게 그립습니다.

암라팔리의 육탄 공격

최고의 깨달음을 획득한 붓다의 생애는 끊임없이 도전받는 역사였다. 보드가야에서는 마라의 공격을 받았고(마라의 공격은 평생 계속된다), 사르나트에서는 절친했던 도반의 외면에 직면했으며, 라지기르에서는 데바닷타의 강력한 도전을 물리쳐야 했다. 물론 붓다의 대승리였다. 바이샬리에서도 붓다는 마라의 공격에 버금가는 도전을 받는다. 아름다운 기생, 암라팔리의 육탄 공세였다.

바이샬리에 머무는 동안 나는 암라팔리 호텔 옆 유스호스텔 레스토랑에서 식사를 해결했다. 바이샬리에는 식당이 거의 없다. 이 레스토랑에서도 식사 한번 시키면 거의 한 시간은 기다려야 음식이 나온다. 그만큼 손님이 없고, 그러다보니 손님 맞을 준비가 되어 있지 않다.

암라팔리는 바이샬리의 유명한 기생이었다. 그녀는 바이샬리 부자들의 감각적 욕구를 만족시켜줌으로써 많은 재산을 축적하고 있었다.

바이샬리의 붓다 사리탑 유적지 옆에 있는 호텔 암라팔리.

쇠똥을 빚어 만든 탑, 아름답지요!

그녀를 만나는 남자들은 모두 사랑의 포로가 되어버렸다. 어떤 남자도 그녀의 미소와 눈짓에 넘어가지 않는 경우가 없었다. 부처님의 명성을 들은 그녀는 이제 새로운 목표가 생겼다. 부처님을 사랑의 포로로 생포하는 것이었다. 우리에게도 이와 비슷한 이야기가 있지 않은가. 명기 황진이 이야기와 비슷하다. 암라팔리는 어느 날 부처님을 뵙기 위해 부처님이 계시는 망고 숲을 향해 길을 나섰다.

암라팔리는 거의 완벽에 가까운 미모를 자랑했다. 그녀의 암갈색 머리카락은 짙고 부드러워 찰랑거리는 것이 넘실거리는 강물과 같았고, 거기에 꽂힌 꽃은 머리칼과 어울려 마치 살아 있는 것처럼 보였다. 그녀의 눈썹은 가장 아름다울 때의 초승달과 같아 볼 때마다 정감을 더했고, 눈동자는 늘 보석처럼 반짝거렸다. 곧게 솟은 코와 두툼한 귓불이 품위를 더해주었고, 하얗고 고른 이는 보는 사람마다 키스하고 싶게 만들었다. 게다가 너무 크지도 작지도 않은 탄력 있는 가슴에 가냘픈 허리, 풍만한 엉덩이에 아름답고도 탄탄한 허벅지를 보는 순간 남자들은 숨이 턱 막혔다. 화려한 장신구가 맵시를 더해주는 가는 발목과 연꽃 같은 발부리에 반지를 낀 발가락은 입에 넣기도 아까울 만큼 아름다웠다. 더욱이 그녀의 목소리는 듣는 순간 가슴이 촉촉이 젖을 만큼 호소력이 있어, 그녀가 말하는 무엇이든 들어주어야 할 것 같은 느낌을 줬다.

그녀의 아름다움은 그녀를 수행하는 경호원들에게 수호해야 할 중요한 성과 같은 것이었다. 경호원들은 그녀의 주위를 항상 경계하면서 철통같이 그녀의 신변을 지켰다. 오늘날 엄청난 인기를 끌고 있는 미모의 연예인이 바로 그녀의 모습이었다. 그녀는 모든 사람이 흠모하는 만인의 연인이었다. 그녀의 미모에 반한 몇몇 부호들은 그녀의 환심을 사기 위해 이미 전 재산을 탕진하기도 했다. 그런 암라팔리가 붓다를 방문할 것이란 소문에 사람들이 수군댔다.

"부처님이 과연 저 암라팔리의 미모를 견딜 수 있을까?"

"이제는 부처님이 개종당할 차례야."

"아니야, 암라팔리가 부처님에게 케이오패 당할걸?"

부처님이 암라팔리의 유혹을 물리칠 것이란 의견과 암라팔리가 부처님의 마음을 사로잡을 것이란 의견이 팽팽하게 맞섰다. 서로 내기를 거는 사람들도 있었다.

암라팔리는 경호원들과 종들에게 둘러싸여 붓다를 찾아갔다. 그녀는 붓다에게 인사를 올리고 한쪽에 앉았다. 자리에 앉은 그녀는 승가에 들어온 지 얼마 안 된 비구니들을 둘러보았다. 그 가운데는 머리를 깎았음에도 젊고 아름다운 여인들이 많았다. 암라팔리는 확신에 찬 목소리로 말했다.

"부처님이시여, 육체적 쾌락은 신의 축복입니다. 아직껏 인생의 즐거움을 맛보지 못한 젊은 여인들이 수행자가 되는 것은 자연에 대한 반항입니다. 스승이시여, 이 세상의 즐거움을 모른다면 어찌 세상을 안다 하겠습니까? 부처님께서 먼저 걸림 없는 자유를 만끽해보시고 생각해보시기 바랍니다."

암라팔리의 목소리는 과연 구슬이 굴러가는 것처럼 낭랑하면서도 부드러운 옷감처럼 거부감 없이 귀를 즐겁게 했다. 다소곳한 암라팔리의 목소리와 태도는 그녀가 어떤 얘기를 해도 남자들이 넘어갈 수 있는 향기로운 음악이요, 완벽한 조화였다.

이렇게 유혹하는 대목에서 나는 보드가야에서 붓다를 인간의 본능적 욕망으로 유혹한 마라의 세 딸을 떠올렸다. 마라의 세 딸과 암라팔리가 다른 점은 무엇일까? 마라의 세 딸은 붓다에게 졌어도 붓다에게 귀의하지 않지만, 암라팔리는 붓다에게 패배한 뒤 붓다에게 귀의한 점이 다를까? 암라팔리의 공격에 대한 붓다의 반격은 매서웠다. 데이비드 칼루파나와 인드라니 칼루파나가 《혁명가 붓다》에서 재현한 붓다의 말은 참으로 압권이다.

"암라팔리, 그대는 매우 아름답고 매력적이며 누구도 부러워할 만한 재물을 갖고 있다. 그래서 그대는 자유로운가? 저 경호원들이 그대를 보호하지 않고 그대 홀로 돌아다닐 때에도 자유로울 수 있는가? 그대는 그대의 생명이 얼마나 지속될 것이라고 생각하는가? 그대는 어부의 손에 잡혀 냄비에 들어가 있는 꽃게를 생각해본 적이 있는가? 꽃게는 냄비의 물이 뜨거워지기 전까지는 냄비 속에서 온갖 음식물의 향연 속에서 한없는 포만감에 젖을 수 있다. 그러나 그 포만감은 오래가지 못하고 인간의 입속을 무덤으로 삼아야 한다. 그 꽃게와 같은 존재가 바로 그대 같은 사람들이다."

암라팔리는 자신의 공격이 먹히지 않았음을 실감했지만, 혹시 부처님이 여러 제자들 앞이어서 위선을 부렸을지도 모른다고 생각했다. 그녀는 훗날을 기약하면서 일어섰다.

"세존이시여, 당신은 참으로 준수하십니다. 사내 중에 최고의 사내

한가한 뱃사공. 부럽다!

호수에서 물고기를 잡고 있는 소년.

이십니다. 만일 당신께서 저와 함께 여생을 즐기시겠다면, 당신을 위해 모든 것을 마련할 것입니다. 마음이 바뀌시거든 제게 알려주십시오."

물론 부처님은 끝내 바뀌지 않았고, 암라팔리는 크게 뉘우치고 부처님께 귀의했다. 암라팔리는 커다란 망고 숲을 불교 교단에 보시했다.

우리는 암라팔리 같은 여인이 제발 우리를 유혹하기를 앙망한다. 오늘날 온 국민이 흠모하는 유명 연예인과 같은 암라팔리가 아무나 유혹할 리는 없다. 그러기에 우리는 돈을 주고 여인을 사기도 한다. 그런 우리의 삶은, 꽃게가 냄비 속에 들어가 아직 덜 뜨거워진 국물을 즐기는 것과 한가지라는 것을 부처님은 명쾌하게 설법하셨다.

암라팔리는 이후 부처님의 가장 충실한 우바새가 되었다. 라지기르를 출발한 부처님이 마지막 여행을 나설 때 암라팔리는 부처님을 만나 자신의 망고 숲을 승가에 바쳤다.

바이샬리에는 암라팔리의 집터와 유마거사의 집터가 있다는데, 나는 결국 찾지 못했다. 신기루처럼 그들의 집은 나의 추적을 뿌리쳐버렸는데, 엄밀히 말하면 나도 그들의 집을 그만큼 절실하게 찾지는 않았다. 폐허가 된 불교 성지의 유적지를 보면 마음이 쓸쓸해진다. 생각해보면 쓸쓸해질 필요 없다. 2600여 년 전에 그들이 살았던 집터를 지금도 알 수 있다는 것만으로도 신기한 일 아닌가? 더욱이 불교가 먼 나라 얘기가 되어버린 세월이 천년 이상 된 것을 생각하면 그저 고마운 일이다. 다음에 가면 꼭 찾아볼 생각이다.

문수보살과 유마거사의 문답

■ 2008년 1월 31일(목)

9시쯤 라지기르의 버스 정류장에 가서 파트나행 직통버스를 탔다. 그전에 현금자동인출기에서 5000루피를 뽑았다. 돈을 찾으니 마음이 든든해졌다.

직통버스라고 했던 파트나행 버스는 실제로는 비하르샤리프까지만 운행했다. 차장이 다른 버스로 우리를 안내해주었다. 어쨌든 하나의 표로 가는 것이니 직통은 직통인 것이다. 길이 막혀서 버스는 가다 서다 하다가 오후 1시가 넘어서야 파트나의 미타푸르 버스 정류장에 도착했다.

바이샬리나 하지푸르로 가는 버스를 어디서 타는지 어디에도 나와 있지 않았지만, 나는 간디 마이단 버스 스탠드에서 타야 한다고 생각했다. 릭샤꾼들에게 말했으나 자꾸 딴소리를 해 포기했는데, 최창근 씨가 다른 사람에게 물어본 결과, 이곳 버스 정류장에서 바이샬리행 버스가 있다는 것이었다. 찾아보니 과연 바이샬리행 버스가 있었다.

바이샬리에는 3시 40분쯤 도착하여 사이클 릭샤(10루피를 달라 했으나 20루피를 주었다)를 타고 스리랑카 절에 도착했다. 스리랑카 스님은 사원에서 생활하는 법 몇 가지를 알려주었다. 내게 중요한 문제는 식사를 어떻게 해결하느냐 하는 것이었다. 각자 음식을 해먹을 수 있는 부엌이 있다 했다.

식사를 좀 해야 했기에 우리는 버스 타고 오면서 보았던 식당을 찾아갔다. 우리들이 나타나자 마을 사람들이 모두 밖으로 나와 구경했다. 그만큼 최근 외지인들이 오지 않았다는 것인가? 울타리가 없는 집들이어서 집 안에서 밖이 훤히 보였다. 물론 집 안도 집 안이 아니라 길의 일부 같았다.

바이샬리는 그야말로 문명의 때가 묻지 않은 순박한 곳이었다. 쇠똥을 빚어서 땔감으로 쓰고 있었고, 사람들은 순진무구하기 그지없었다. 농토가 넓어서 어떻게 보면 먹을거리가 풍부해 보이지만, 사람들은 지독하게 가난하게 살고 있었다. 마을에 그럴듯한 집이 거의 없고 움막 같은 집에 옹기종기 모여 소와 함께 살고 있었다. 그럴듯한 집은 호텔과 사원밖에 없었다. 그런데 부처님 생전에 바이샬리는 가장 안정된 정치 체제에 평온한 생활을 유지하는 공화국이었다. 이곳은 또 자이나교의 개조인 마하비라의 고향이기도 하여, 마하비라와 관련된 유적지도 꽤 있다.

나를 이렇게 환대해주다니, 황송하여라.

바이샬리에 있는 스리랑카 사원.

아쇼카 석주에
새겨진 글자들.

점심을 먹을 식당이 거의 없었다. '투어리스트 레스트하우스'란 이름이 그럴듯하여 식사를 할 수 있는지 물어보았더니 한 시간쯤 기다려야 한단다. 재료를 일일이 사와서 요리해야 한다는 것이었다. 우리는 천천히 시내 구경을 하며 식사 시간을 기다렸다.

마을은 길 양쪽으로 길게 뻗어 있었다. 우리가 길을 따라 걸어갔더니 마을 사람들이 마치 외국 대통령이 온 것처럼 길가에 나와 구경했다. 우리는 손을 흔들어주고 가끔씩 사진을 찍어주면서 산책했다.

바이샬리에는 아쇼카 석주가 거의 원형대로 보존되어 있고, 그 옆에 있는 아난다 스투파도 거의 훼손되지 않았다 한다. 또 붓다의 사리 8분의 1을 포함한 스투파도 있다. 그만큼 이곳은 부처님과 인연이 매우 깊은 곳이다. 부처님은 이곳에서 많은 경전을 설했고, 열반을 위해 길을 떠날 때 대중을 모아놓고 마지막 설법을 했다. 우리 시인들이 가장 좋아하는 《유마경(維摩經)》의 주인공, 유마거사의 고향도 바이샬리다. 암라팔리가 살았던 동네에 유마거사의 집터가 있다.

바이샬리 성 안에 한 장자가 있었다. 그의 이름은 유마힐이었다. 그는 일찍이 모든 부처님께 공양하여 큰 공덕을 닦은 보살이었는데, 그 중에서도 의도적으로 병들어 있는 보살〔有疾菩薩〕이었다. 그의 덕을 익히 알았기에 많은 사람들이 그에게 병문안을 갔다.

유마거사는 부처님과 부처님의 제자들을 은근히 기다리고 있었으나, 소식이 없었다. 이를 안 부처님이 제자들에게 유마거사 병문안을 가자고 청했으나 아무도 선뜻 나서지 않았다. 유마거사의 덕이 너무 높아 자신들은 문병할 자격이 없다는 것이었다. 보살들에게 청해도 마찬가지 대답이 돌아왔다. 부처님은 마지막으로 문수보살에게 문병을 다녀오자고 청했다. 문수보살은 대답했다.

"부처님이시여, 유마거사는 상대하기 어렵습니다. 그러나 부처님이 말씀하시니 문병을 다녀오겠습니다."

그리하여 문수보살이 유마거사와 나눈 대화가 《유마경》의 내용이 되었다. 문수보살은 유마거사에게 "병환이 좀 어떠시냐?"라고 물었는데, 그 대답이 절대 잊지 못할 감동을 선사한다.

"일체 중생이 병들었으므로 나도 병들었거니와, 만약 일체 중생의 병이 나으면 나의 병도 나을 것입니다. 왜냐하면 보살은 중생을 위하여 생사에 들었나니, 생사가 있음에 병도 있거니와 만약 중생이 병을 여의었을진대 곧 보살도 다시 병들지 않을 것입니다."

이 말은 바로 《유마경》에서 가장 감동적인 대목이며, 세간의 문학가들이 가장 많이 인용한 부분이기도 하다. 그러나 유마거사는 또 생사(生死)가 곧 보리(菩提)이고 번뇌가 곧 열반이라고 말한다. 사실은 우리의 일상 속에 진리와 해탈이 숨어 있음을 암시한 것이다. 그러기에 유마거사는 보살이 악마의 벗이 될 수도 있으며, 악마를 불자(佛子)로 삼아야 한다고 말한다.

사실 우리를 방해하는 것이 오히려 우리를 연마할 수 있도록 도와주는 경우가 많다. 암라팔리의 유혹이 부처님을 더욱 강하게 만들고 불교의 가르침을 더욱 강인하게 만든 측면도 있다는 말이다. 암라팔리와 유마거사를 동시에 만난 바이샬리는, 그래서 내게 깊은 감동을 준 성지였다.

원숭이의 꿀 공양을 받은 부처님

부처님이 바이샬리에 머물고 계실 때였다. 부처님은 연못가에서 명상에 잠겨 있었다. 그때 한 떼의 원숭이들이 삼매에 빠진 부처님 앞에 엎드리더니 꿀 한 사발을 바치는 것이었다. 원숭이들이 삼매에 든 부처님의 발우를 들고 가서 꿀을 따온 것이다. 나는 인도에서 늘 내 먹을 것을 빼앗아가려는 원숭이만 만났는데, 그렇게 기특한 원숭이들도 있었나보다.

원숭이가 꿀 공양을 했다는 곳에 가보고 싶었다. 스리랑카 절에서 2킬로미터쯤 걸어가면 콜후아라는 마을에 불교 유적지가 있다. 그곳에 원숭이가 꿀을 공양했다는 연못이 있다. 나는 아침 일찍 출발해 아침 9시쯤 콜후아에 도착했다. 입장료는 100루피 또는 2달러다. 햇살이 너무도 좋은 날이었다.

성도 5년째에 부처님은 이곳에서 우안거를 보내시기도 했다. 이곳에서 부처님은 많은 설법을 행하셨다. 특히 바이샬리의 쿠타가라샬라(중각강당)에서 화엄경(華嚴經)의 '입법계품(入法界品)'을 설하셨다고 하는데, 이곳이 바로 그 설법 장소일 가능성이 높다. 쿠타가라샬라는 이후 중창되어, 슝가 시대에 지어진 한 곳과 굽타 시대에 지어진 두 곳을 포함하고 있다.

유적지 모퉁이 쪽에는 거꾸로 된 만 자 모양의 사원군이 있다. 이 사원에는 방이 열두 개 있다. 네 날개에 각각 방이 세 개씩 있고 가운데에는 큰 강당이 있다. 동쪽 입구에는 화장실이 있었다고 한다. 굽타 시대에 건축된 것으로 추정되는 이 건물 터 덕분에 인도에서 불교가 꽃피었던 시절의 모습이 생생하게 들어온다.

콜후아에서 특히 눈에 띄는 것은 두 가지가 있다. 하나는 아난다 스투파이고, 하나는 아쇼카 석주다. 둘 다 원형 그대로 보존되어 있어 마음을 푸근하게 해준다. 아쇼카 석주는 높이 6.6미터로 석주 중에서 가장 잘 보존된 것이다. 석주 옆에 세워진 아난다 스투파에는 아쇼카 왕이 부처님 사리를 일부 포함시킨 것으로 추정된다. 아난다는 부처님을 늘 가까이서 시봉했던 수행제자였다. 부처님의 사촌동생이기도 한 그는 부처님의 마지막까지 지켜본 충실한 제자였다. 아쇼카 왕도 그의 충심에 감동하여 특별히 그의 스투파를 만든 것이다.

아쇼카 석주 위에 앉아 있는 한 마리 사자는 하염없이 북쪽을 바라보고 있다. 아무래도 누군가를 기다리고 있는 모양이다. 너무 높아 표정을 볼 수는 없지만 분명 한없는 기다림의 표정이 그의 시선에 담겨 있을 것이다. 오랜 기다림에 지쳐 뒷다리는 접었지만, 멀리 내다보기

ⓒ최창근

바이샬리의 아쇼카 석주. 비교적
초기에 제작된 것으로 보인다.

ⓒ최창근

원숭이가 부처님께 꿀을 공양한 것을 기념하여 만들었다는 연못 뒤로 아쇼카 석주와 아난다 스투파가 보인다.

위해 앞다리는 쭉 뻗고 있다. 이 사자는 바로 바이샬리를 떠나는 부처님의 마지막 모습을 바라보는 모습으로 그려졌다. 그러나 내게는 멀리 떠난 부처님을 기다리는 모습으로 보인다.

부처님의 시자였던 아난다를 특별히 모시는 마음도 바이샬리 사람들을 닮았다. 부처님의 시자를 이렇게까지 추앙한다면 부처님은 얼마나 깊이 추앙하겠는가. 거대한 스투파는 최대한 많은 햇살을 받아 둥근 원 속으로 집어넣어 아난다의 공덕을 기리고 있다. 나는 아난다의 스투파를 끊임없이 돌면서 하루가 돌아가도 좋았다.

원숭이의 꿀 공양을 기념해서 만든 연못에는 아난다 스투파와 아쇼카 석주가 풍덩 빠져 있었다. 연못 주위에는 계단이 있다. 이 공원에 사는 원숭이들은 확실히 순하다. 조상의 공덕 덕분인지 그들은 평화롭고 한가롭다. 온갖 근심을 여읜 원숭이들의 표정을 보면서 나는 물 속의 스투파와 석주를 오랫동안 바라보았다.

콜후아에서 숙소로 돌아오는 길에 사람들이 '띠리'라는 술을 마시는 것을 보았다. 나도 한 잔 얻어 마셨다. 왠지 원숭이의 꿀 공양을 받은 것 같은 기분이었다.

콜후아를 나와서 큰길 따라 남쪽으로 죽 내려와 만난 학교에 노트와 연필을 주고 나왔다. 너무 싸구려를 준 것 같아 미안했다. 그러고는 '라자 바이샬 카 가르'에 갔다. 여기가 바로 공화국의 의원들이 중요한 사안을 결정했던 장소다. 일종의 국회의사당이다. 이 유적지는 바이샬리가 일찍이 민주주의의 꽃을 피웠음을 말해준다.

바이샬리에서의 하루는 꿀 공양을 받은 듯 종일 달콤했다.

미리 이별을 노래하다

바이샬리는 부처님께서 처음으로 자신이 곧 열반할 것임을 예고한 장소이기도 하다. 라지기르에 머물고 계셨던 부처님은 나이 여든이 되어 그곳 라지기르를 떠나 최후 열반의 길을 떠나셨던바, 그 노정 중에 날란다, 파트나를 거쳐 또다시 이곳 바이샬리에 들르셨다. 그때 파트나에서 나룻배를 타고 갠지스 강을 건넌 부처님은 코티가마 마을과 나디카 마을을 들러 이곳 바이샬리에 한동안 머무신 다음, 바이샬리 근교의 벨루바 마을에서 최후의 안거를 보내셨다. 그곳에서 석 달 안거를 마치신 부처님께서는 또다시 이곳 바이샬리를 찾으셨고 이곳의 파후푸드라카에 이르러, 석 달 후에 쿠쉬나가르에서 열반에 들 것이라는 예고를 하셨다. 부처님은 제자들을 모아놓고 마지막 설법을 하셨다. 내용은 부지런히 정진하라는 것이었다.

"비구들이여, 여기 이 세상에서 나는 최상의 법을 설하였노니, 그대들은 그것을 받들어 행하고 닦고 공부해야 한다. 그래서 이 청정범행이 길이 전해지고 오래 머물게 해야 한다. 이것이 많은 사람의 이익을 위하고, 많은 사람의 행복을 위하고, 세상을 연민하고, 신과 인간의 이상과 이익과 행복을 위하는 것이다."

부처님은 또 말씀하셨다.

"비구들이여, 참으로 이제 나는 당부하노라. 모든 것은 소멸하게 마련이다. 게으름 피우지 말고 정진하라. 오래지 않아 여래는 세상을 떠날 것이다. 지금부터 석 달이 지나지 않아 여래는 열반에 들 것이다."

부처님은 이어서 게송으로 자신의 설법을 정리하셨다.

내 나이 연로하여
나의 수명은 이제 한계에 달했도다.
그대들을 두고 나는 가리니
부디 자신을 의지처로 삼을지니라.

비구들이여, 게으름 피우지 말고
마음을 챙기고 계를 잘 지켜라.
사유를 잘 다스리고
자신의 마음을 지켜라.

내가 말한 법과 율을
게으름 없이 정진하면,

붓다의 사리탑에 예배하고 나오시는 비구니 스님들.

ⓒ최창근

바이샬리의 한 학교.

세세생생 윤회를 끝내고
괴로움의 끝은 다하리.

이제 부처님은 바이샬리를 떠날 때가 되었다. 바이샬리에 살던 리차비족 사람들은 부처님이 바이샬리를 떠날 때 멀리까지 전송을 나왔다. 그들은 부처님이 아직 열반에 드시지는 않았지만, 열반에 드시면 다시는 이곳을 찾지 못하리라는 것을 알고 있었다. 그들은 미리 이별을 노래하는 심정으로 울면서 석별의 정을 표했다.

부처님은 이러다가는 길을 떠날 수 없을 것이라 생각하고, 바이샬리 사람들이 더는 따라오지 못하도록 뒤에 강물이 흐르게 했다. 강을 사이에 두고 부처님과 바이샬리 사람들은 서로 헤어져야 했다. 부처님은 천천히 뒤돌아서서 손을 흔드는 사람들을 애정 어린 눈으로 바라보았다. 그리고 다시 마지막으로 몸을 돌렸다. 마치 코끼리가 몸을 돌리는 것과 같은 무게감이 느껴지는, 육중한 그리움의 돌아섬이었다.

콜후아에 있는 아쇼카 석주는 석가모니의 마지막 설법과 입멸을 말해준다 한다. 실물 크기인 사자상의 머리가 북쪽을 향한 것은 부처님이 여행을 떠난 곳이 북쪽이기 때문이다.

부처님 입멸 후 사리는 8등분되어 그중 8분의 1이 바이샬리의 몫으로 돌아왔다. 부처님의 사리탑은 바이샬리의 상징인 커다란 연못, 카라우나 포카르의 북쪽에 있는 바이샬리 박물관에서 250미터 정도 떨어진 곳에 있다. 사리탑은 부서져 지금은 정확한 모습을 상상하기 힘들다. 비와 햇빛으로부터 보호하기 위해 지붕을 씌워 보존하고 있다. 붓다의 사리탑에서 한국의 비구니 스님들을 만났다. 사리탑에 예배하는 스님들을 바라보는 동안, 일어서는 스님들의 얼굴이 더욱 환해지는 것을 보고 부처님의 따스한 눈길과 숨결을 느낄 수 있었다.

부처님의 숨결이 깊게 남아 있는 바이샬리는 정말 사랑스러운 곳이다. 부처님은 자신의 바리때를 바이샬리에 남길 정도로 바이샬리를 사랑했다 한다. 부처님은 물론 바이샬리뿐만 아니라 라지기르도 스라바스티도 보드가야도 무척이나 사랑하셨다. 부처님이 사랑한 만큼은 아니겠지만, 나는 앞으로도 바이샬리를 사랑하련다.

06

—

기원정사의 땅
스라바스티

사랑은 기적입니다.
기적은 이별을 낳습니다.

당신이 기적을 보이시고
하늘로 오르신 후,
당신을 기다리는 세월은
참으로 길었습니다.

그러나 짧았습니다.
당신이 반드시 올 것이기에
기다리는 세월이 아무리 길어도
결코 긴 세월 아닙니다.

천년 동안 묻혀 있었던 당신이
돌아왔습니다.
세상에는 당신의 목소리가
널리널리 울려 퍼지고 있습니다.

사랑은 기적입니다.
이별을 낳더라도 사랑은
계속될 것입니다.

스라바스티 가는 길

■ 2008년 2월 4일(월)

13 : 30 고락푸르에서 곤다행 9038번 기차를 탔다. 이 기차는 제 시간보다 일찍 도착했다. 이렇게 기특한 기차도 있구나. 아침 10시 30분쯤에 쿠쉬나가르에서 합승 택시(1인 30루피)를 타고 고락푸르 역에 도착, 역 앞에 있는 '시프 엔 디프 레스토랑'—바를 겸하고 있다—에서 최창근 씨가 쉬는 동안 나는 옆에서 탈리를 먹었다.

15 : 40 오늘 기차는 신났다. 바스티를 지나 이제 곤다가 얼마 남지 않은 듯했다.

16 : 10 곤다에 도착할 시간이 되었는데, 차가 어느 역엔가 정차해 있다. 인도에서는 여기가 어디인지를 알기 힘들다. 힌디어를 알면 쉬운데 알파벳도 잊어버렸다. 힌디어 공부할 책을 가져올 걸…… 이미

늦었다. 차이 장사들이 줄기차게 지나간다.

16 : 23 무슨 역인지 모르겠는데, 상당히 오래 정차해 있다. 오늘도 일찍 들어가긴 그른 것 같다. 나야 괜찮지만, 몸이 아픈 최창근 씨를 위해서는 일찍 스라바스티에 도착하면 좋겠는데, 왜 이리 어려운지 모르겠다. 가지 않는 차에 타고 마음은 일찌감치 스라바스티에 도착했다.

16 : 38 재출발. 과거를 잊고 과거로 간다.

16 : 45 마나카푸르 역에 도착했다. 출발은 아주 좋았는데, 시간이 갈수록 기차는 늦어지고 있다. 그럼에도 부처님이 이 길을 맨발로 걸었던 것을 생각하면 우리가 얼마나 편하게 가고 있는지 깨닫게 된다. 다시 쿠쉬나가르를 생각한다. 부처님은 쿠쉬나가르가 오랜 시간이 흐른 후에는 세계 사람들이 모이는 커다란 도시가 될 것이라 했는데, 지금 세계 사람이 오고는 있지만, 큰 도시는 되지 않았다. 그날이 오긴 올 것인가?

16 : 48 열차 다시 출발. 동작이 좀 빨라졌다. 멈추어 있는 바깥 풍경이 무표정한 얼굴로 떠나가는 기차를 보내고 있다.

16 : 55 질라이 역에 도착했다. 기차가 정말 너무 자주 선다. 가는 해를 잡기 힘들고, 천천히 가는 기차에 채찍질하기도 힘들다. 기차가 시간과 함께 멈춰 있다.

부처님은 이 길을 가실 때 어떤 생각을 하셨을까? 그 먼 길을 걸어 걸어가시는 동안 늘 평안하기만 하셨을까? 생각하면 아득하고 또 아득하다.

틈만 나면 쿠쉬나가르를 생각한다. 쿠쉬나가르의 티베트 절에서 아침에 일어나 마당에서 텐트를 치고 자는 티베트 사람들을 보니 감탄사가 절로 나왔다. 과연 유목민이었다. 어느 곳에서나 여장을 풀면 그곳을 집으로 만들 수 있는 이가 유목민이 아닌가. 부처님이 그랬다. 어느 곳에서나 여장을 풀고 숙소로 삼을 수 있는 진정 길 위의 성자가 부처님이었다. 여행자도 마찬가지여야 한다. 밤이 되면 길이 곧 집이 되는 것이 여행자의 삶일 것이다.

걱정하지 말자. 세상 모든 길이 나의 집이니, 집 없음을 설워하지 말자.

17 : 00 차가 다시 움직인다. 코끼리가 발걸음을 옮기듯이 천천히 간다. 어디를 보나 사탕수수 밭이 드넓게 펼쳐져 있다. 유채 밭이 자주 보인다. 노란 꽃을 보세요. 노란 꽃을 보세요. 달콤하고도 쌉싸름한 유채꽃 줄기를 먹고 싶다. 참 달콤한 곳, 참 기름진 곳이다.

스라바스티의 대인 스님과 적조행 보살님은 어떻게 달라지셨을까? 생각이 등불을 켜고 과거의 어둠을 비추어준다.

17 : 07 기적 소리가 울리는 걸 보니 또 새로운 역에 도착하는 것일까? 기차역이 아니다.

17 : 10 그냥 정차하고 있다. 엔진이 다시 울리다 그친다. 기차도 작동을 멈추었다. 차가 엇갈려 비켜주느라 정차하는 것 같다.

17 : 11 기차가 서서히 미끄러진다. 창밖에는 사탕수수가 "사탕 사려!" 하고 바람의 힘을 빌려 외치고 있다. 우리가 먹는 설탕이 이 사탕수수로부터 나왔다니, 갑자기 온몸이 달다. 사탕수수 천지인 곳을 달

곤다의 사탕수수 집결지.

곤다의 낡은 스쿨버스.

리고 있으니, 내가 설탕에 절여진 기분이다. 작은 마을이 뒤로 지나간다. 어디를 가나 사람들은 대체로 한가하다.

17 : 15 무티간지 역에 도착했다. 또 한참을 정차하다 가겠지? 어떻게 하나? 이제는 창밖 풍경도 기차도 멈춰 있다. 생각도 행동도 모두 멈춘 채 삼매에 든 것 같다. 사람들의 입만 부지런히 움직여 서로 얘기하거나 뭔가를 주워 먹고 있다.

창밖에 커다란 굴뚝이 보이는데, 무슨 굴뚝인지 모르겠다. 부처님도 이 길을 가실 때 이런 모든 풍경을 보셨으리라. 인간의 간난을 보셨으리라. 그러니 어찌 생을 고통의 바다라 하지 않을 수 있었겠는가. 고통의 숨결을 도처에서 느끼며 나는 이번 여행을 아픔으로 간직할 것이다. 자기가 고통스러운지도 모르는 고통스런 사람들을 위해 나는 무엇을 할 것인가?

17 : 25 여전히 차가 가지 않는다.

17 : 27 차가 낙타처럼 여유 있게 움직인다. 마음만 또 스라바스티로 달려간다. 마음은 여러 번 스라바스티에 도착했다. 아, 블록 공장이구나. 블록 공장이 들어서면 이곳도 언젠가는 도시화된다는 얘기다.

17 : 40 사탕수수 밭 옆에서 또 정차했다. 부처님도 기원정사를 가실 때 바로 가시진 않았을 터이니, 이 기차가 부처님 흉내를 내는 것도 자연스런 일인지 모른다. 아무래도 곤다에서 하룻밤 묵어가야 할 듯싶다.

사탕수수 밭에서 즙을 짜낸 사탕수숫대를 태우고 있다. 야채 커틀릿을 파는 사람, 서모사(만두처럼 생긴 밀가루 음식)를 파는 사람, 차이를 파는 사람들로 기차는 풍성하다. 정차 시간이 길어질수록 장사치들은 신이 난다. 창밖이 시간을 잡고 있다가 기차가 창밖을 끌고 가면, 또 새로운 역이다. 정말로 작고 조용한 역이다. 이렇게 기차는 느릿느릿 구렁이 담 넘듯 가고 있다.

모기 한 마리가 창밖으로 나가려고 발버둥치고 있다. 창밖의 기차를 기다리는 사람들은 아직 바닥에 주저앉아 있다. 기적 소리가 오래, 오래 울렸다. 바부아차크 역이었다. 기차는 여전히 천천히 움직인다. 조금씩 발걸음을 빨리한다. 기적을 다시 길게 울리며 속력을 낼까 말까 망설인다. 망설이고 있다. 망설이면서 서서히 걸어간다. 다시 기적 소리 길게, 길게, 길게, 길게, 길게, 쉬 멈추지 않는다.

5루피짜리 차이 한 잔 마시고, 거지에게 8루피를 주었다.

나스타 파는 사람도 왔다. 나스타가 뭔지 모르겠다.

18 : 00 제법 큰 역에 도착. 아, 이 역이 곤다 정션 역이다. 우리는 서둘러 밖으로 나왔다. 벌써 어둑어둑해졌다. 스라바스티까지 가기에는 무리다. 곤다에서 하룻밤 자는 것도 좋다. 여행자는 서두를 필요 없다.

두 명의 릭샤왈라가 서로 자기 릭샤 타라고 하는 걸 본 한 신사분이 뭘 원하느냐고 물었다. 난 스라바스티로 가고 있지만, 친구가 몸이 아파 여기서 쉬었다 가야겠다고 말하고 호텔을 추천해달라고 부탁했다.

그리하여 지금(21 : 29) 사로나 여관에 와 있다. 최창근 씨는 뜨거운 물로 손발과 얼굴을 씻고 곤히 잠들어 있다. 코일로 양동이에 물을 데우니 방이 많이 온화해졌다. 그러나 밖에서 들려오는 소음은 절대로 피할 수가 없다. 이 사람들은 어떻게 이런 소음을 견디는 것일까? 소음을 견디는 데는 세계 최고 수준인 듯하다.

크게 들려오는 노랫소리는 힌두교의 찬송가다. 반가운 사람을 만나는 것은 쉬운 일이 아님이 틀림없다. 쿠쉬나가르에서는 만나고 싶었던 사람을 만나지 못했다. 스라바스티에서는 분명 만날 수 있으리라.

모두가 그립다.

■ 2008년 2월 5일(화)

곤다는 소음의 도시다. 어젯밤 웨딩 세러모니가 아니더라도 끊임없이 울려대는 기차의 기적 소리, 자동차 경적 소리, 셔터 내리고 올리는 소리, 물건 파는 사람들이 외치는 소리, 아침에는 새소리까지, 온갖 소음의 집합 장소인 듯하다.

경적을 왜 이리 오래 울리는지? 이곳에 도착하는 기차마다 30초 이상을 울려대니, 사람들에게 경적은 삶의 조건과도 같은 것이 되어버렸을 것이다.

까마귀 울음소리가 한창이다. 소음이 심하다보니 새의 목청도 많이 커져 있다. 이것들이 모두 살아 있음으로써 생기는 소리다. 모든 소리가 곧 고통을 호소하는 소리일 것이다. 셔터 내리는, 셔터 올리는 소리는 천둥소리를 닮았다.

6 : 46 기차의 경적이 30초 동안 울리다 서서히 여운을 남기려다

곤다에서 합승 지프에 같이 탄 사람들.

가 다시 시작된다. 이곳은 다른 지역보다 거칠어 보인다. 아무래도 뜨내기들이 지나다니는 곳이기 때문인 듯하다. 모기 한 마리를 잡았다. 새벽잠을 방해하던 녀석일 것이다. 이제 사람들이 서서히 하루를 시작하고 있다. 셔터 올리는 소리와 사람들의 목소리가 훨씬 잦아지고 있다. 상대적으로 까마귀의 목소리가 묻힌다. 이 시각에 부처님도, 아니 그 이전에 잠에서 깨셨으리라.

7 : 00 최창근 씨가 일어났다가 다시 누워 눈을 감는다. 얼굴이 한결 나아 보인다. 오늘 무사히 스라바스티에 갈 수 있으리라.

8 : 40 발람푸르행 버스를 기다리고 있다. 버스는 쉽사리 오지 않을 조짐이다. 오지 않는 버스를 기다리며 나는 스라바스티로 가고 있다. 오긴 올 것이다. 오리라고 믿으면 반드시 온다. 인도 여행은 기다림의 연속이거나 기다림의 훈련이다. 기다리는 법을 잘 배워서 돌아간다면 그것 또한 인도 여행의 수확이리라.

11 : 30 드디어 스라바스티의 한국 절, 천축선원에 들어왔다. 한창 공사 중인 일주문 지나 들어가니 스님이 나오시는 것이 보였다. 너무도 반가웠다. 스님과는 확실히 보통 인연이 아니다. 법당에 들어가니 적조행 보살님이 불상을 닦고 계셨다. 와, 이렇게 편안할 수가! 오후 내내 스님과 보살님과 방담을 나누었다.

스님은 많이 야위셨으나 건강해 보이셨고, 보살님도 건강하셨다. 확실히 이곳 스라바스티와 나의 인연은 각별한 면이 있다.

기적의 땅, 스라바스티와 기원정사

스라바스티는 성도 후 부처님이 가장 많은 시간을 보낸 곳이다. 따라서 부처님의 신화가 가장 많이 형성되어 있는 곳이기도 하다. 스라바스티라는 지명이 우리에게 전해져 '서라벌'이 되고 서라벌이 다시 '서울'로 발전했다는 설도 있다.

부처님이 이곳에 처음 인연을 맺은 것은 성도 4년 후였을 것이다. 부처님이 라지기르의 죽림정사에 계실 때 라지기르를 방문한 스라바스티의 수닷타 장자가 부처님을 뵙고 스라바스티에 방문해달라고 청했다. 스라바스티로 돌아온 수닷타 장자는 부처님과 제자들이 머물 곳을 마련하고 싶었다. 장자는 제타 태자 소유의 동산 중에 숲과 꽃과 연못, 돌과 기이한 새와 짐승이 어우러진 아름다운 곳이 있음을 알게 되었다. 수닷타 장자는 제타 태자를 찾아갔다.

"태자시여, 저는 부처님께서 머무실 사원을 만들고 싶습니다. 태자의 동산을 저에게 파셨으면 합니다."

"그 땅은 절대로 안 되오. 내가 가장 아끼는 땅이외다."

"다시 한 번 생각해주십시오. 부처님이 이 땅에 오시는 것은 참으로 큰 축복입니다."

장자의 뜻이 매우 완강한 것을 보고 제타 태자는 절대 실천할 수 없는 조건을 내세워야겠다고 생각했다.

"그 동산을 온통 금으로 덮어보시오. 그러면 팔겠소."

"알겠습니다. 감사합니다."

수닷타 장자는 그날로 자신의 집에 있는 금을 몽땅 가져와 동산에 깔기 시작했다. 그 정도 조건이면 포기할 줄 알았던 제타 태자는 장자의 정성에 감복했다. 태자는 장자를 불러 말했다.

"장자의 정성에 감동했습니다. 그 땅을 넘기겠습니다. 내가 사원을 지을 목재를 제공하리다. 대신 사원의 이름에 나의 이름을 넣어주시오."

그리하여 사원의 이름은 제타바나(Jetavana)가 되었고, 한자로는 제타(기타祇陀) 태자의 나무로 수닷타(일명 급고독給孤獨) 장자가 세운 절이라는 뜻의 기수급고독원정사(祇樹給孤獨園精舍), 줄여서 기원정사(祇園精舍)라 불리게 되었다(오늘날엔 '마헤트'라 불린다).

이와 같은 일화가 네팔 카트만두의 보다나트에도 있는 것을 보고 나는 깜짝 놀랐다.

신앙심 깊은 한 노파가 부처님을 모실 사원을 짓고 싶어서 카트만

아난다 보리수. 부처님이 천불화현의 기적을 보이신 후 천상에 올라가시자, 아난다가 부처님을 그리워하며 심은 나무다.

스라바스티로 여행 온 인도 사람들.

두의 왕인 마하라자를 찾아갔다.

"왕이시여, 저는 부처님을 모실 절을 짓고 싶사옵니다. 부디 절을 지을 땅을 하사해주십시오."

왕은 노파의 신앙심을 시험해보고 싶었다.

"소 한 마리를 줄 테니, 소의 살로 땅을 덮으시오. 그만큼의 땅을 하사하겠소."

"황공하옵니다, 왕이시여."

노파는 돌아와 소를 잡아서 온 정성을 다해 고기를 백지장보다 얇게 저며서 땅에 깔기 시작했다. 그렇게 소의 살을 땅에 다 깔고 나니 지금의 보다나트 터만큼 되었다. 왕은 그 정성에 감복하여 절 지을 자금을 지원해주었다고 한다. 절은 자본으로 만들어지는 것이 아니라 깊은 신앙심으로 지어진다는 것을 보여주는 일화들이다.

코살라 왕국의 수도 스라바스티를 방문한 부처님은 이후 기원정사에서 우기를 보내시는 때가 많았다. 따라서 기원정사에 부처님의 흔적이 많은 것은 당연하다.

스라바스티의 천축선원에 머물면 하루 일과가 매우 일찍 시작된다. 새벽 3시 40분쯤 스님은 풍경을 들고 도량을 도신다. 그렇게 바람의 잠을 깨우신 스님은 4시에 예불을 모신다. 한국의 사찰에서는 원래 3시에 예불을 모시나, 스라바스티의 여러 사원이 사람들의 단잠을 깨우지 않기 위해 4시에 하기로 합의했다고 한다. 예불은 〈영산회상〉과 《금강경》 봉송, 좌선을 끝으로 마무리된다. 천축선원에서는 예불 때마

부처님이 거주하셨다는 기원정사의 간다쿠티.

기원정사 터에 남아 있는 여덟 개의 스투파.

다 《금강경》을 봉송하니, 하루 세 번 《금강경》을 읽게 되는 셈이다. 스님이 특히 《금강경》을 읽으시는 뜻은, 부처님이 금강경을 설하신 곳이 바로 스라바스티의 기원정사이기 때문이다.

기원정사에 들어가면 여전히 우리와 함께하시는 부처님을 확연하게 느낄 수 있다. 건물들은 폐허가 되었을지언정 부처님의 뜻만은 분명히 살아 있음을 확인할 수 있다. 그동안 인도에서 불교가 소외되었지만, 이제 기원정사를 중심으로 새로이 일어설 수 있음을 예감케 한다.

기원정사에는 커다란 보리수가 한 그루 있다. 어머니에게 설법하러 도리천으로 올라가신 부처님이 그리워 아난다가 보드가야의 보리수 묘목을 옮겨 심었는데, 제자들은 이 보리수를 부처님이라 생각하고 경배했다고 한다. 햇살을 받은 보리수 이파리는 초록색과 은색을 번갈아 보여주면서 우리에게 연신 손을 흔든다. 무슨 뜻일까? 그 뜻을 헤아리며 나는 보리수에 합장했다.

조금 더 들어가면 부처님께서 머무셨던 집인 간다쿠티(향전)가 나온다. 향전 입구에는 작은 탑이 있는데 사람들이 거기에 금종이를 입혀 두었다. 티베트 사람들은 이곳에 와서 부처님이 계신다고 생각하고 절하곤 한다. 단체로 온 분들도 주로 이곳에서 함께 경전을 읽고 기도한다. 이곳에서는 정말 부처님의 손길, 발길, 숨결이 느껴진다.

행선 터는 부처님이 열아홉 걸음을 걸으시면서 행선하시던 길쭉한 터다. 코삼바쿠티 근처에 있다. 코삼바쿠티도 부처님의 거처였다. 프라세나짓 왕은 도리천으로 올라가신 부처님이 그리워 간다쿠티에 불상을 모셨다. 그것이 최초의 불상이 되었다. 하늘에서 돌아오신 부처님이 불상을 보시고 거처를 코삼바쿠티로 옮겼다 한다.

그 옆에는 우물이 있다. 아난다가 이곳에서 물을 길어 부처님께 공양했다고 한다. 붓다의 법이 펼쳐진 장소가 이렇게 하나하나 남아 있음도 축복이다. 폐허가 되었지만, 그것은 모든 것이 무상함을 보여주는 부처님 법의 증표다.

살인자 앙굴리말라의 스투파

기원정사에서 나와 조금 더 가면 사위성(사헤트)이라는 팻말이 나온다. 그곳에서부터 옛 스라바스티의 성이 시작된다. 이곳에 갈 때는 자전거를 가지고 가면 좋다. 나는 천축선원 스님의 자전거를 타고 휘파람을 불며 오솔길을 달렸다. 성문 유적지를 지나면 오른쪽에 소브나트라는 자이나교 사원 유적지가 나온다. 이곳을 앙굴리말라 스투파라 착각하기 쉬운데 거기서 조금 더 가야 앙굴리말라 스투파가 나온다.

어느 바라문의 제자 중에 신심이 깊고 용모가 훤칠한 아힘사카라는 청년이 있었다. 어느 날 스승이 왕의 초대를 받아 집을 비웠을 때, 그 날따라 요염하게 차려입은 스승의 부인이 아힘사카를 불러 이렇게 말했다.

"아힘사카, 그대는 참으로 아름다운 청년이에요. 떡 벌어진 어깨와 단단한 가슴, 탄력 있는 허벅지, 어느 곳 하나 아름답지 않은 곳이 없어요. 그대 품에 폭 안기고 싶어요. 우리, 나이도 비슷하니 서로 사랑하면 어떨까요?"

의리를 중시하는 아힘사카로서는 있을 수 없는 일이었다.

"스승은 아버지와 같고 사모님은 어머니와 같은데, 어찌 그런 일을 할 수 있겠습니까? 죄송합니다."

아힘사카는 얼른 자리를 피해버렸다. 그러자 스승의 부인은 아힘사카에게 앙심을 품었다. 부인은 남편이 돌아오자 서럽게 통곡하기 시작했다. 남편이 연유를 묻자 부인은 이렇게 말했다.

"당신 제자 아힘사카가 당신이 없는 사이에 내 몸을 덮쳤어요. 피하려고 발버둥 쳤지만, 워낙 건장한 젊은이라 꼼짝할 수 없었어요. 이 치욕을 어찌 갚아야 하겠습니까?"

스승은 화가 나서 말이 나오지 않았다. 가장 믿었던 제자에게 배신당한 것이 너무도 분했다. 스승은 아힘사카를 아예 파멸시켜야겠다고 생각했다. 그는 아힘사카를 불러서 아무것도 모르는 체하고 말했다.

"아힘사카야, 너는 나에게 더 이상 배울 것이 없다. 이제 오직 하나의 비술만 체득하면 된다. 지금부터 오후가 되기 전에 사람들 백 명을 죽이고, 그 사람들 손가락 하나씩을 베어서 목걸이를 만들어 목에 걸면 비술을 터득하게 될 것이다."

"스승님, 감사합니다. 지금까지 가르쳐주신 은혜, 잊지 않겠습니다."

아힘사카는 그 길로 만나는 사람마다 죽여서 손가락으로 목걸이를 만들었다. 오후가 되기 전에 백 명을 채우려면 무척이나 바빴다. 숨 가쁘게 달린 그는 정오 직전에 아흔아홉 명을 죽였다. 이제 한 명만 채우면 스승이 말한 비술을 터득하게 될 터였다. 사람들은 아힘사카를 손가락(앙굴리)으로 만든 목걸이(말라)를 하고 다닌다는 뜻에서 '앙굴리말라'라 불렀다. 앙굴리말라가 사람들을 죽이고 다닌다는 소문이 쫙 퍼져 거리에서는 사람을 찾을 수 없었다. 그때 앙굴리말라의 어머니는 아들의 소식을 듣고 아들을 찾아 거리로 나왔다. 어머니를 발견한 앙굴리말라는 어머니라도 죽여야겠다고 생각했다.

'내가 비술만 터득한다면 죽은 어머니도 살릴 수 있을 거야.'

앙굴리말라가 어머니를 쫓아가려는 순간, 부처님이 그 사이에 나타나셨다. 앙굴리말라는 너무도 반가웠다. 어머니를 죽이지 않아도 되었으니 말이다. 앙굴리말라는 부처님을 쫓아갔다. 그러나 아무리 쫓아가도 부처님과의 거리는 좁혀지지 않았다. 앙굴리말라는 부처님께 소리쳤다.

"사문이여, 멈추시오!"

이에 부처님이 말씀하셨다.

"앙굴리말라여, 나는 멈추어 있는데 그대는 멈추지 못하는구려."

"무슨 말씀입니까? 나는 당신을 죽여서 손가락으로 목걸이를 만들어야 합니다. 그래야 나의 공부가 끝납니다. 그런데 당신이 앞에서 빠르게 걸어가지 않으셨습니까? 당신이 멈추어 있다는 것은 무슨 말씀입니까?"

폐허가 된 앙굴리말라의 스투파.

수닷타 장자의 스투파.

"여래의 마음은 언제나 스스로 머물러 있거늘, 그대는 스스로 살생의 마음을 내어 악행을 멈추지 못하고 있도다."

이 말을 들은 앙굴리말라는 정신이 번쩍 들었다. 자신의 어리석음을 뼈저리게 깨달은 앙굴리말라는 눈물로 부처님께 절하였다.

"부처님이시여, 제가 미혹하여 큰 죄를 저질렀습니다. 저 같은 죄인도 부처님의 제자가 될 수 있겠습니까?"

"물론이다. 스스로 뉘우치면 크게 깨달을 것이다."

앙굴리말라는 부처님의 제자가 되었다. 총명하고 신심이 깊은 그는 금세 참된 지혜를 터득했다. 그렇다고 살인의 죄까지 면해지는 것은 아니었다. 아니, 그가 만든 카르마는 없어지는 게 아니었다. 가족을 잃은 사람들이 앙굴리말라를 당국에 고발했고, 마침내 그는 사형을 당하게 되었다. 죽음을 앞둔 앙굴리말라에게 부처님이 말씀하셨다.

"앙굴리말라여, 자기를 죽이려는 사람의 칼날 앞에 미운 마음도 괴로운 마음도 일으키지 않을뿐더러, 그 죽이려는 사람을 향해 '네가 바로 부처다' 라고 말할 수 있는 것이야말로 보살의 마음이니라."

이렇게 하여 앙굴리말라는 스라바스티 역사상 가장 큰 죄인이었지만, 가장 추앙받는 성인이 되어 그를 기리는 스투파까지 만들어졌다.

■ 2001년 12월 1일(토)

오전에는 사위성과 앙굴리말라 스투파, 수닷타 장자 스투파를 다녀와서, 오후에는 아차르 바티 강에 다녀왔다.

기원정사에서 10분쯤 걸어가니 스투파가 하나 나왔다. 우리는 이 스투파가 앙굴리말라 스투파라 생각하고 열심히 사진을 찍었다. 그러나 더 가서 보니 새로운 스투파가 나왔고, 그것이 바로 앙굴리말라 스투파였다. 폐허가 되어서 그 실체를 알아보기는 힘들었지만, 그 뜻만은 생생하게 전해져 왔다. 선량한 사람도 엄청난 죄를 지을 수 있고, 엄청난 죄를 지은 사람도 불법에 귀의할 수 있다는 대승 정신이 살아 숨쉬는 탑이었다.

가난하고 외로운 사람에게 항상 베풀기를 좋아했던 수닷타. 그는 부처님께 바칠 절을 짓기 위해 제타 태자의 동산에 황금을 까는 정성으로 태자를 감동시켰다. 이러한 신심과 무주상보시(無住相布施)를 바르게 실천했던 그분의 정신을 후세에 전하기 위한 탑이 급고독장자탑이다. 이 탑 역시 폐허가 되었다. 폐허의 탑 위에서 나는 《금강경》을 읽었다. 수닷타 장자의 뜻이 영원히 살아 있기를 바라면서.

천불화현과 데바닷타의 지옥행

스라바스티와 관련된 신화 중에 천불화현(千佛化現) 이야기를 빼놓을 수 없다. 부처님의 시대는 베다를 중시하는 바라문교가 쇠퇴하고 많은 성자들이 나타나 새로운 교파를 형성하던 때였다. 당연히 새로운 교파들 간에 치열한 경쟁이 있었다. 스라바스티에서 부처님이 대성공을 거두자 시기하는 무리들도 많았다. 그들의 도전이 거셌던 만큼 스라바스티는 많은 신화를 남겼다.

부처님 교단이 갈수록 커지자 이교도들은 부처님을 방해할 음모를 꾸몄다. 예나 지금이나 미인계가 제법 통했던 것 같다. 보드가야에서의 마라도, 바이샬리에서의 암라팔리도 미인계를 썼다. 이교도들은 찬다마나(친차)라는 미모의 여인으로 하여금 불교 신자로 가장케 하고 날이 저물면 기원정사에 들어가는 모습을, 새벽녘에는 기원정사에서

천불화현의 기적을 기념하여 세운 스라바스티의 스투파.

천불화현 스투파에서 내려다보이는 연못, 천불화현지.

나오는 모습을 사람들에게 자주 보이게 했다. 그러고는 찬다마나의 배가 조금씩 불러오는 것처럼 보이게 했다.

어느 날 부처님이 기원정사에서 많은 대중을 앞에 두고 설법하고 계실 때 대중들의 한가운데서 만삭의 찬다마나가 일어나 외쳤다.

"부처님이시여, 이렇게 많은 사람들을 돌보시면서, 어찌 자기 자식은 돌보지 않으시는지요?"

대중이 찬다마나의 배를 가리키며 웅성거리고 있을 때, 인드라 신이 생쥐로 변해 그녀의 옷 속으로 들어가 베개를 갉으니 베갯속이 쏙 빠지면서 그녀의 배가 홀쭉해졌다. 거짓이 너무도 쉽게 들통 난 찬다마나는 부리나케 정사를 빠져나와 도망쳤는데, 갑자기 땅이 갈라져 무간지옥에 떨어지고 말았다.

당시에 무지한 백성들은 신통력이 뛰어난 성자를 최고로 치는 경향이 있었다. 많은 사람들이 부처님을 믿긴 했지만 갈수록 외도의 도전이 거세지자, 신심 돈독한 프리세나짓 왕이 부처님께 신통력을 보여주실 것을 청했다. 부처님은 날을 정한 뒤, 그날 망고나무 숲에서 기적을 보이겠노라고 약속했다.

그날은 많은 외도의 성자들이 모여 신통력 대결을 벌였다. 부처님은 먼저 망고 하나를 드신 다음, 그 씨를 땅에 심었다. 그 씨는 순식간에 자라 아름드리 나무가 되어 망고 열매를 주렁주렁 매달았다. 사람들이 놀라서 벌린 입을 다물지 못하고 있을 때 부처님은 하늘에 천 명의 부처님이 계시는 모습을 사람들에게 보여주셨다. 많은 사람들이 부처님의 신통력을 칭송하고 있을 때 부처님은 홀연 모습을 감추고 하늘로 올라가셨다.

도리천에 올라가신 부처님은 어머니 마야 부인과 천신들에게 설법하시면서 90일을 보내고, 스라바스티가 아닌 상카샤로 내려오신다.

스라바스티 한국 절에서 발람푸르를 향해 약 1킬로미터를 가면 천불화현 스투파가 있다. 그곳은 하늘이 매우 가까운 곳이란 생각이 든다. 그곳에서 내려다보면 연못이 보인다. 그 연못을 천불화현지(千佛化現池)라고 한다.

그런데 외도보다 더 무서운 악마는 내부에 있었다. 바로 부처님의 사촌이기도 한 데바닷타였다. 프리세나짓 왕은 천불화현 터에 부처님을 위해 절을 지어드렸다. 부처님이 그 절에 머물고 계실 때였다. 데바닷타는 부처님을 살해하려고 열 손가락의 손톱에 독을 바른 후 부처님 몸에 상처를 내려 했다. 그러나 겉으로는 부처님께 참회하러 온 척했다. 부처님의 시자인 아난다는 데바닷타가 참회하러 온다는 소식에 반가워 부처님께 여쭈었다.

"부처님, 데바닷타가 잘못을 뉘우치고 참회하러 온답니다."

"아니다. 데바닷타는 결코 여기에 오지 못할 것이다."

실제로 데바닷타가 부처님 처소 근처의 나무 아래까지 왔을 때 땅이 꺼지면서 무서운 불꽃이 일었고, 데바닷타는 그 불에 그을려 죽어갔다. 그렇게 죽어가면서 진정으로 뉘우친 그는 "나무 붓다"를 외치면서 땅속으로 꺼져 들어갔다. 천불화현 스투파에서 길을 건너다보면 데바닷타가 사라졌다는 자리에 연못이 있다.

부처님의 생애는 생각보다 많은 장애와 시련이 있었다. 장애와 시련 없이는 부처님의 교법이 오늘날과 같이 널리 퍼질 수 없었을 것이다.

스라바스티에서 먹은 절밥

첫번째 인도 여행에서 스라바스티는 내게 오아시스와 같았다. 인도 음식을 열심히 먹긴 했지만 인도의 향신료에 적응하지 못해 한국 음식에 대한 갈망이 극에 달했을 때, 나는 스라바스티에 갔었다. 스라바스티에 가서 한국 음식을 먹으니 활력이 생겼다. 음식보다도 소중한 것은 대인 스님과 적조행 보살님의 신심이었다. 내가 불교에 귀의한 것은 그분들의 신심에 크게 감복한 덕분이다. 그분들에 대한 감사의 마음으로 《월간 도선》에 썼던 글을 다시 여기에 싣는다.

밥이란 참 슬픈 이름이다. 그것을 먹어야 살아갈 수 있고, 그것을 먹지 않으면 생존할 수 없기 때문이다. 밥은 그만큼 절박한 것이어서, 우리가 이곳에 있게 한 근원, 원초적 물질을 말하는 산스크리트어 프라크리티(prakṛiti)와 같은 것이 아닐까. 밥은 세계의 출발점이자, 세계를 움직이는 동력이며, 또 세계를 파괴할 수도 있는 에너지인 것이다. 그런 밥이 절이라는 공간에서, 절이라는 수행자들의 집에서 출현했을 때, 그것은 어떤 의미가 있을까? 절은 뭇 사람들의 절박한 염원으로 지어진 수행처다. 석가모니 부처님이 인간의 괴로움을 직접 목격하고 그 원인과 치유에 대한 심각한 고민으로 출가하여 마침내 깨달음을 얻은 이후, 그 깨달음을 널리 전파하기 위해 마련한 공간이 절이 아닌가? 석가모니 당시의 수행승들은 하루 일곱 집에서 탁발한 밥으로 식사를 했으니, 절이라는 공간에 있는 밥은 얼마나 많은 사람들의 갸륵한 뜻이 모여 이루어진 음식인가.

오늘날은 사정이 달라져서 일곱 집에서 탁발하여 식사하는 것은 불가능해졌지만, 그 정신만은 그대로 전해졌으리라. 절이라는 곳은 수많은 사람들이 정성을 모아 구축한 수행처이며, 따라서 그곳의 밥은 사람들의 알뜰살뜰한 마음을 탁발하여 지은 아름다운 음식인 것이다. 절에서 밥을 먹는 마음은 그리하여 송구하기 그지없어서 스스로 절박해지고야 만다.

인도 여행을 시작한 지 만 2개월이 되었을 즈음 나는 석가모니 부처님이 금강경을 설하셨다는 스라바스티에 가 있었다. 나름대로는 인도 음식을 열심히 먹고 적응하는 훈련을 계속했지만, 그럼에도 불구하고 나는 음식점에 들어갈 때마다 "노우 마살라(향이 강한 인도의 조미료)!"라고 목 놓아 부르짖곤 했으니, 그만큼 한국 음식에 목말라 있었던 것이다. 그때 찾은 스라바스티의 석가세존사(나중에 '천축선원'으로 바뀌었다)는 오아시스와 같은 곳이었다. 아침마다 먹는 죽, 끼니때마다 나오는

스라바스티에 있는 한국 절인 천축선원의 전경.

천축선원에서 공양하는 모습.

된장국이나 미역국, 숭늉 등은 이루 말할 수 없이 달았다. 한국에서는 하찮았던 것들에 나의 마음은 머나먼 이국땅에서 그토록 절박해 있었던 것이다. 나는 그곳에서 3주 동안이나 머물렀는데, 그것은 어머니 같은 보살님과 아버지 같은 스님, 인도인으로서 한국 불교에 출가한 선재 스님이 계셨기 때문이지만, 또 하나의 절박한 원인으로는 절밥이 있었기 때문이다.

석가세존사에서 먹은 음식 중에 특히 잊을 수 없는 것이 있다. 어느 날 향이 진한 채소가 밥상에 올라왔는데, 그것은 '고수'를 된장에 버무린 것이었다. 보살님께서 고수를 잘 먹게 되면 인도 음식에 쉽게 적응하게 된다고 말씀하셨다. 과연 먹어보니 인도 마살라를 먹을 때의 특이한 향이 입안에 가득 번졌다. 생각해보면 벌써 2개월을 여행한 터이니 이제는 인도 음식에 적응해야 할 때도 되었다. 석가모니 부처님도 드셨던 것이고, 신라 때 이곳에 온 혜초 스님도 드셨을 음식 아닌가. 그렇다면 한국의 절에서 스님들이 자주 드시는 이 고수라는 채소를 취식하는 것으로부터 인도 음식 적응 훈련을 해야겠다고 생각했다. 그 후 자주 고수가 식탁에 올라왔고, 나는 차츰 그 독특한 향을 즐길 수 있게 되었다. 스라바스티를 떠나 계속한 인도 여행이 훨씬 힘들지 않게 된 것은 물론이고, 동남아시아에 와서도 향이 강한 다양한 채소들을 맛있게 먹을 수 있었다.

석가세존사에서 먹은 절밥은 절대로 잊지 못할 내 평생의 음식이 될 것이다. 생각해보면 그 음식은 그곳에서 스물세 해나 하안거를 보내신 석가모니 부처님께서 마련하신 것인데, 어찌 절박하지 않겠는

가. 더욱이 '고수'라는 채소를 통해 인도 음식 적응 훈련까지 할 수 있었던 것은 참으로 눈물겨운 일이다.

나는 웬만해선 절에서 밥을 먹지 않으려 한다. 절에서 밥을 얻어먹고 그만큼 절을 위해 정성을 다하면 될 수도 있겠지만, 아무리 노력해도 내가 절에서(또는 불교의 가르침으로부터) 받은 은혜의 천만 분의 일도 갚지 못할진대, 최소한 스라바스티 석가세존사에서 절밥을 얻어먹을 때만큼 절박하지 않으면 차라리 배고픔을 참는 편을 택한다. 내가 포기한 절밥을, 절에서 고수를 맛보아야만 세상을 '겨우' 살아갈 수 있는 사람들이, 혹은 그로 인해 세상을 '씩씩하게' 살아갈 사람들이 먹을 수 있다면 얼마나 좋을까. 나는 그 절밥을 이미 먹었으니, 그들을 위해 나도 절밥을 지어서 고수를 반찬으로 올려드려야 하는데.

07

—

하늘로 통한 도시 상카샤

우리의 사랑은 신화입니다.
마치 사실이 아닌 것 같지요.
사실인 것 같은 사실이라면
그것은 사랑이 아닙니다.
신화 같은 사실이
사랑입니다.
우리의 사랑은 신화입니다.

당신이 훌쩍 떠나실 때,
우리는 당신을
다시는 못 보는 줄 알았습니다.
당신이 어느 곳으로 가신지 몰랐을 때,
우리를 정녕 잊으신 줄 알았습니다.

그러나 당신은 새로운 땅에서
새로운 우리를 만나고 계셨습니다.
새로운 사랑은 새로운 신화를 만듭니다.
우리의 사랑은 신화입니다.

붓다는 왜 상카사로 내려오셨을까?

■ 2008년 7월 9일(수)

기차는 태양을 향해 달려간다. 기차는 예정보다 천천히, 예정보다 늦게 동쪽으로 가면서도 아무렇지도 않게 바람을 가르며 달린다. 기적을 울리며, 노을을 붉게 물들이며, 아주 서서히 세월이 간다.

07 : 00 해가 중천에 떴다. 공작이 있고, 단소(새 이름. 옆에 앉은 아저씨가 이름을 알려줬다)가 있다. 무논에 써레질하는 농부와 소들도 있다.

11 : 00 파루카바드에서 버스를 타고 모한다바드에서 내려, 상카사(현지명 상키사)행 버스를 타고 삼거리에서 내렸다. 삼거리에 스리랑카 절이 있고, 약 1.5킬로미터 정도 가면 미안마 절이 있다. 미안마 절

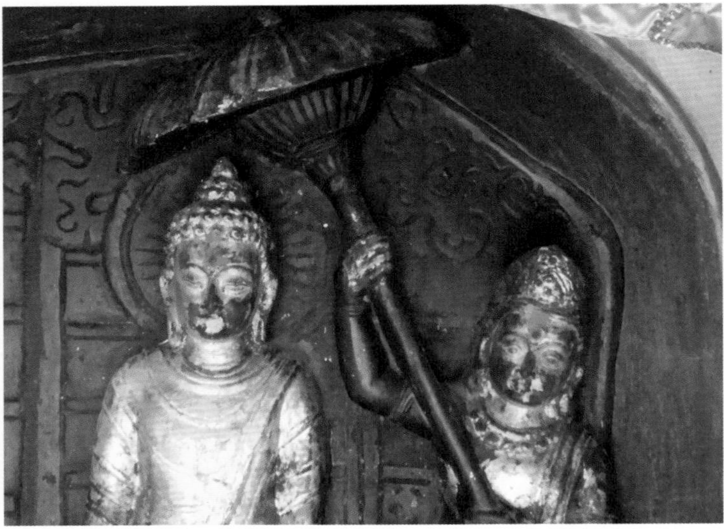

인드라와 브라흐마의 호위를 받으면 내려오시는 부처님의 모습을 그린 부조. 오른쪽에서 일산을 받쳐 주는 신이 브라흐마다.

에서 1.5킬로미터 정도 가면 부처님이 하늘에서 내려오신 지점이 나온다. 버스 차장에게 '붓다 플레이스'에서 내려달라 했더니, 스투파가 있는 곳에 내려주었다.

버스에서 내려오니 아름드리 보리수가 있고, 보리수 옆에 반가운 아쇼카 석주가 있었다. 석주는 아쉽게도 윗부분밖에 남아 있지 않았다. 아쇼카 석주의 상단에는 대부분 사자가 모셔져 있는데, 이 석주의 상단에는 코끼리가 모셔져 있다. 하기야 다른 동물이 새겨진 경우도 많은데 유실된 것 같기도 하다. 룸비니의 경우, 말이 모셔져 있었는데 유실되었다. 코끼리의 코는 보이지 않는다. 그 밑에는 줄기 문양의 좌대와 주름무늬의 좌대가 있다.

나는 아쇼카 석주에 참배하고, 나무 아래에 자리한 작은 사당으로 들어갔다. 사당에는 부처님이 하늘에서 내려오시는 모습을 담은 부조가 모셔져 있다. 세 개의 사다리가 있는데, 가운데 사다리에서는 부처님이 내려오고 계시고, 왼쪽에서는 인드라 신이 호위하며 내려오고, 오른쪽에서는 브라흐마 신이 부처님께 일산을 받쳐주면서 내려오고 있다. 가운데 계단은 황금으로 만들어졌고, 인드라가 내려온 왼쪽 계단은 수정으로 만들어졌으며, 브라흐마가 내려온 오른쪽 계단은 은으로 만들어졌다고 전한다.

스라바스티가 많은 신화를 간직한데다 경전의 설법 장소로도 유명한 반면에, 상카샤는 오직 신화 속에서만 붓다와 관련되어 있다. 북방불교에 해당하는 동아시아 사람들은 상카샤를 그다지 중시하지 않는 편이고, 남방 불교에서는 꽤 중시하는 편이다. 상카샤에 다녀가는 많은 사람들이 스리랑카 사람들인 것만 보아도 이 점을 알 수 있다.

나는 불교가 지나치게 이론화하는 것은 지양해야 한다고 생각한다. 오히려 신화를 생각할 때 불교에 친숙하게 접근할 수 있을 것이다. 그렇다면 부처님은 왜 스라바스티에서 승천하여 하필이면 생면부지의 땅인 상카샤에 내려오신 것일까? 그것은 바로 부처님이 그만큼 전법을 중시했음을 말해준다. 스라바스티에서 승천하여 스라바스티로 내려오신다면 안전했겠지만, 그만큼 자신의 법을 널리 펼치는 데 속도를 낼 수 없었을 것이다. 대신 상카샤로 내려옴으로써 생면부지의 땅에 자신의 기적을 손쉽게 알리는 결과를 가져온 것이다.

이곳이 불교인에게는 유적지이지만, 주민들에게는 유원지인 듯했다. 관광객들을 대상으로 한 노점상들이 즐비했고, 간이 음식을 파는 음식점도 많았다. 나는 포장마차에서 찐 감자 몇 개와 서모사, 차이를 먹었다.

어린이들을 위한 놀이기구도 있었으나 우기라서 운행하지는 않는 것 같았다. 아름드리 반얀트리 옆에 스투파가 있다. 폐허가 된 스투파에 올라가 보니 시바 링가를 모신 사원과 원숭이신 하누만을 모신 사원이 있었다. 많은 힌두교인들이 사원에서 참배하고 있었다. 불교의 스투파 위에 힌두교 사원이 있는 것, 그것이 이 유적지의 현실을 말해주었다.

나는 스투파에서 내려와 스투파를 세 바퀴 돌았다. 스투파 주위에는 새들이 유난히 많았다. 이곳에 머무는 동안 이 스투파를 매일 올 생각이다. 상카샤에서는 달리 갈 곳도 없다. 오직 이 스투파만 줄기차게 돌 예정이다.

구름이 줄기차게 움직이기 시작할 때 미얀마 사원에 와서 여장을 풀었다. 하늘이 순식간에 어두워지더니 비가 억수같이 쏟아지기 시작했다.

■ 2008년 7월 10일(목)

상카샤 2일째.

스투파에 다시 오다. 1958년 발견, 1959년 보호구역 공포, 1992년 알려짐.

아침 공양 종이 울려서 식당에 갔는데 당황스러운 일이 있었다. 공양 시간이 되면 얼른 가서 대기하는 것이 예의인 스라바스티의 천축선원을 생각하면서 서둘렀으나, 식당에 들어가니 비구 스님 한 분과 동자승 다섯 분이 그야말로 엄숙하게 공양을 올리는 중이었다. 누구도 정적을 깨뜨릴 수 없을 것 같은 분위기였다. 그러나 나는 용감하게 들어가서 어디에서 식사하면 되겠느냐고 동자승들에게 물었다. 동자승들은 스님 앞자리를 가리켰다. 그 자리는 가장 높은 자리같이 느껴졌으나, 나는 또 용감하게 그 자리에 앉았다. 아니나 다를까, 스님이 엄숙하게 입을 열었다.

"비구가 먼저 식사하고 다른 사람들은 그다음에 먹는 것이 우리의 규칙이오."

상카샤 스투파 위에 모셔진 시바의 링가.

스투파 근처에 있는 놀이기구.

"아, 예, 잘 몰랐습니다. 죄송합니다."

"앞으로 십오 분쯤 후에 식사할 수 있을 게요."

"알겠습니다. 감사합니다."

식사하는 동자승들의 눈빛은 근엄하기 이를 데 없었다. 저 어린아이들이 어떤 교육을 받았기에 저리 의젓하게 된 것일까? 특별한 교육이 있는 것 같지 않은데…….

낮에는 조용하다. 학교에 다니는 학생들이 대부분인 것 같다. 힌디 학교에 다니기 때문에 힌디 신문을 읽기도 한다. 어떻게 교육시키고 있을까? 과묵한 이곳 사람들은 내게 말을 잘 걸지 않는다. 자기들끼리는 제법 잘 이야기하는 것 같은데, 이방인에게는 상당히 내성적인 듯하다. 아니, 자기들끼리도 그리 크게 떠들지 않는 것 같다.

하루에 한 번씩은 비가 오는데, 오늘은 새벽에 억수같이 쏟아지는 빗소리를 잠결에 들었다. 먹구름이 이리 갔다 저리 갔다 할 때 나는 비가 올까 저어했지만, 밤이 와도 비는 오지 않았다.

■ 2008년 7월 11일(금)

아침 먹고 백팔배를 두 번 했다.

스투파를 다녀온 다음, 다시 삼거리로 향했다. 미얀마 사원 옆에 있는 인도 사원에 들어가서 참배하자, 어여쁜 여인이 와서 차 한잔하고 가라고 권했다. 나는 인도의 불교도와 얘기하는 것이 즐거우리라 생

상카샤에서 차를 팔던 젊은 부인.

각했다. 바로 그 옆에서 차를 주는 줄 알았는데, 여인은 따라오라며 앞장서서 2층으로 올라가는 것이었다. 2층은 옥상이자 부엌이었다. 더운 나라여서 2층 시원한 곳에서 식사하는 듯했다.

여인은 예쁜 컵에 차 두 잔을 따랐다. 차를 따르는 여인의 자태에 나는 확 반해버렸다. 약간은 애처로운 듯한 눈빛, 부드러운 얼굴선, 가는 팔다리에 풍만한 젖가슴과 엉덩이가 내 눈을 몹시 즐겁게 했다. 물론 속으로는 이래서는 안 되는데 하면서도 흑심이 생겼던 듯도 싶다. 그때 한 남자가 아이를 안고 올라왔다. 상당히 어린 소년 같았다. 몇 살이냐고 물어보았으나 알아듣지 못했다. 아무래도 여인의 동생일 것이라고 생각했는데, 여인이 자신의 남편이라고 소개했다. 나는 세 식구의 사진을 찍어주었다. 남편은 잠시 후 아래층으로 내려갔다.

나는 그때 여인의 발을 물끄러미 보았다. 나는 여인의 발을 사진으로 찍었다. 발반지와 발찌가 잘 어울렸다. 발찌와 발반지가 참 예쁘다고 했더니, 여인은 남편이 사준 것이라고 강조했다. 아무래도 내가 자신을 무척 마음에 들어한다는 것을 알고 묻지도 않은 질문에 대답한 것 같다.

여인은 내게 식사를 할 거냐고 물었다. 나는 아니라고 했다. 미얀마 사원에 묵고 있는데, 그곳에서 식사한다고 덧붙였다. 나는 찻값을 넉넉히 지불하고 나왔다. 그 여인의 인상이 기억에 오래 남을 것 같다.

삼거리에서 박상률 선생님과 통화했다. 인도에서 통화하는 것은 더욱더 반가웠다. 오늘밤에는 선생님께 편지라도 써볼까?

구멍가게에 있던 친구가 내게 '빤'을 권했다. 일종의 씹는담배다. 나는 봉지를 열어 입에 털어 넣었다. 화 하는 기운이 입안과 코까지 올라오는데 대단히 독했다. 나는 길거리에다 입안에 가득 들어 있던 것들을 뱉었다. 내가 뱉은 빤이 길 가운데 빨갛게 들러붙었다. 이래서 인도의 거리에는 곳곳에 빨간 페인트 같은 것이 묻어 있는 것이다.

■ 2008년 7월 12일(토)

아침 먹고, 스투파 산책하고, 백팔배를 두 번 하고도 시간은 넉넉하다. 일찍 일어난다는 것은, 그래서 오래 사는 것이다.

이곳에 올 때부터 들었던 의문! 부처님은 왜 스라바스티에서 승천하여 이곳으로 내려온 것일까? 이곳은 그저 시골 마을일 뿐, 그것도 붓다의 유적지라는 사실도 밝혀지지 않은 채 천년이나 묻혀 있던 곳이다. 그 답은 아마 앞으로 나올 것이다. 이제 달라질 것이다. 상카샤는 불교 신화의 현장이다. 신화의 현장에서는 신화를 느껴야 한다. 나는 하늘에서 내려오신 붓다를 느꼈다.

3시 30분에 파루카바드 역 도착. 역 앞의 시장에 갔다.

야채 이름 몇 가지를 알았다. 빈디는 가장 자주 먹는 국의 재료이고, 고추는 메치이며, 박은 로키고, 토란은 구이야다.

시장을 구경하다가 티와리라는 소년을 만났다. 그 친구는 지금 컴퓨터 학원에 가는데, 나한테 같이 가보지 않겠느냐고 했다. 참, 인도 사람의 붙임성은 놀랄 정도다. 나는 컴퓨터 학원이 궁금하기도 해서 따라가 보았다.

컴퓨터 학원을 보니 이곳은 상카샤와는 생활수준이 비교도 안 될 정도로 좋은 것 같았다. 컴퓨터의 사양은 좋지 않았지만, 스무 대 이상이 있었고, 여러 명의 학생들이 개인 지도를 받고 있었다. 컴퓨터 학원 선생님 이름은 수닐 티와리였다. 이메일을 보내기로 해놓고 아직까지도 보내지 못했다. 기억하기 위해 여기에 적어놓는다. 사진을 꼭 보내주어야겠다. sssuniltiwarii@yahoo.com.

컴퓨터 학원을 운영하는 분은 소년의 할아버지인 람 루프 티와리 선생이었다. 할아버지는 자신이 바라문이고, 사원에서 종교 행사를 주재한다고 말했다. 나를 자신의 사원으로 데려가 안내해주고 싶다고 했다. 나는 흔쾌히 수락하고 할아버지를 따라 역 앞의 사원에 갔다. 사원 이름은 상카르 템플이었다. 상카르면 시바 신의 별칭이다. 역시나 〈마하바라타〉의 주인공 판다바 형제, 그중에서도 아르주나가 시바 신에게 봉헌한 사원이란다. 할아버지를 따라 크리슈나가 모셔진 사원과 시바의 링가가 모셔진 사원을 구경했다. 힌두교의 다른 사원에 비해 매우 깨끗하고 조용했다. 나도 힌두교 신자들처럼 사원 입구에 있는 종을 치고 밖으로 나왔다.

기차 안에서 다시 한 번 상카샤를 추억한다. 상카샤에서는 한가한 농촌 풍경을 즐기는 것이 일이다. 쟁기질하는 모습, 소를 목욕시키는 모습 등을 구경하다보면 시간 가는 줄 모른다. 여름(우기)에 가면 비가 자주 오는데, 한나절 집중적으로 쏟아지다 그친다. 비가 그치면 구름이 온갖 곡예를 하면서 다양한 색깔과 모양으로 변신을 거듭한다. 사원의 옥상에 올라가면, 세상의 모든 불빛이 꺼진 밤하늘의 별빛이 손에 잡힐 것 같다. 상카샤에서는 하늘을 보라. 부처님이 분명 내려오실 것이다.

상카샤에서 보낸 편지

박상륭 선생님께

먼 곳에서 소식 전합니다. 캐나다에서의 생활은 어떠신지요? 한국에 오실 때마다 무리하고 가시는 것 같았는데, 이번에는 비교적 짧게 계시다 가셨으니 금방 건강을 회복하셨으리라 믿습니다. 오늘 아침 들은 선생님의 전화 목소리는 건강해 보이셨습니다. 선생님과 통화하고 나니 편지를 쓰고 싶어졌습니다. 사모님께서도 안녕하시겠지요? 가신 지가 얼마 되지 않아 아직 학교에는 복학하지 않으셨죠? 공부하시기 위해 강의실에 앉아 계실 사모님 생각을 하면 늘 가슴 뿌듯한 감동이 밀려옵니다.

이번에도 선생님은 대작을 남기셨습니다. 《죽음의 한 연구》에서 《칠조어론(七祖語論)》으로, 《평심(平心)》과 《산해기(山海記)》 《소설법(小說

法)》을 거쳐 《잡설품(雜說品)》까지 뭔가 아귀가 딱딱 맞아떨어지는 전개라는 생각이 듭니다. 초기 소설부터 《죽음의 한 연구》까지가 내편(內篇)이라면, 《칠조어론》은 외편(外篇)이요, 그 이후 《잡설품》에 이르는 작품들은 잡편(雜篇)이라는 생각이 듭니다. 잡편은 얼마든지 늘어나도 되는 것이겠지요. 뒤로 갈수록 훨씬 자유로워지면서(그것을 선생님은 잡스러워진다고 말씀하십니다만) 작품의 세계가 훨씬 넓고 깊어지고 있다고 생각합니다. 선생님 소설의 기본적인 구도 중 하나인, 진리를 향해 길을 떠나는 이의 이야기는 언제나 감동적입니다. 이번 작품에서 길 떠나는 이는 시동이로군요. '시동(侍童)'이라는 이름 아닌 이름, 참 기발합니다. 시중드는 동자라니요. 《화엄경》 〈입법계품〉의 선재동자보다 훨씬 멋진 이름, 절로 미소가 지어지는 선생님의 재치입니다. 시동이 팔조(八祖)가 되는 장면은 참으로 감동적입니다.

순례자 : (낄낄거리며) 靈龜曳尾(령구예미, The sacred tortoise drags its tail), '광야가 은혜를 얻었나니!' (그리고, 두 손을 바닥에 대고, 허리 굽혀, 시동이의 벗은 발등에 이마를 댄다. 그리고 허리를 펴고, 시동이의 입술에 입술을 대, 그리고 침을 먹여준다. 그리고 일어나, 시동을 내려다보며, 그리고 이런다.) 유리 촌속(村俗)으론, 내가 너에게 '해골'을 물림해야겠지만, 그 짓도 그러나, 외식(外飾)이랄 것인 것. 필시 오래잖아, 너도 너의 '해골' 하나쯤 챙겨 갖게 되겠을 일. 평강을 비노라.

— 순례자, 표표히 그 자리 떠난다.—

칠조인 순례자가 시동을 팔조에 임명하고 떠나는 장면은 이 소설의 대미를 장식하고 있습니다. 이어지는 시동의 울음소리를 들으면서 저는 눈시울이 뜨거워졌습니다. 2006년 5월 조선대학교에서 작가와의 만남을 하면서 배우들이 보여주었던 장면(그때는 단편 〈무소유〉의 한 장면이었지만)보다 글 속의 그림이 더욱 선명했습니다.

뒤 한번 돌아보지 않고, 해를 등지고 걸어가는 순례자의 등을 바래며, 시동은 울고 있었다. 그의 모습이 촛불 크기만 해졌을 때, 시동은 뒤늦게 황황히 몸을 일으켜, 세웠다가, 무릎 꿇고, 흙바닥에 이마를 끌박듯이 해, 절하고, 또 절하고 했다. 그러다 눈을 들어 그 녘을 보았을 땐, 그 하나의 '촛불'은 사라져, 보이지 안했으나, 거기 어디 그때도 빛은 있었다. 발자국은 한 개도 없었다. 시동은, 울고 있었다.

진리를 향해 길을 떠나는 사람들, 그런 사람들이 유난히 많은 나라 인도에 와 있습니다. 지금도 많은 사람들이 수행하고 있는 곳이 인도지만, 그렇다고 그것이 특별히 신비롭게 느껴지는 것은 아닙니다. 이곳에선 종교가 일상이니까요. 인도 사람들은 누구나 종교를 믿고, 그것은 그들에게 생활 자체입니다. 상카샤의 불교 유적지는 힌두교인에겐 사실상 힌두교의 유적지로 간주되고 있는 것 같습니다. 저는 선생님의 구도 소설도 특정 종교에 국한된 이야기가 아니라는 점에 흥미를 느낍니다. 《잡설품》을 보면서 선생님은 정말로 새로운 작품을 쓸 때마다 최고의 작품을 경신해가고 계신다는 느낌을 받았습니다. 《잡설품》이 인도의 종교 세계와 유사하다는 느낌을 받았다면, 아무래도 인도를 여행하는 이의 비약인 것 같습니다.

저는 지금 제 생애에서 가장 한가한 시간을 보내고 있습니다. 델리에서 한국 · 인도 젊은 문학인 세미나를 마치고 이곳 상카샤에 왔습니다. 동료들은 바라나시로 여행을 갔는데, 저 혼자만 인도에서도 그중 한적한 시골인 이곳에 온 것입니다. 상카샤는 스라바스티에서 지내던 석가모니가 도리천에 있는 어머니를 위해 승천했다가 내려온 땅입니다.

이곳에 오니 오래전 선생님과 나누었던 대화가 생각납니다. 대화라기보다는 서신이었지요. 주로 팩스를 통해 선생님과 소식을 주고받던 때였습니다. 1990년대 중후반이었지요. 저는 컴퓨터의 전화 모뎀을 이용하여 팩스를 보냈고, 선생님은 운영하시는 책방의 팩스기를 이용하여 저에게 편지를 보내셨습니다. 저는 선생님의 편지를 사무실의 팩스기를 통해 받곤 했습니다. 1994년 계간《문학동네》를 편집하면서 선생님과 인연을 맺었는데, 그것이 계기가 되어 선생님께는 육친 이상의 정을 느끼게 되었지요.

제가 그때 선생님께 엉뚱한 질문을 한 적이 있습니다. 선생님의 소설《죽음의 한 연구》의 육조가 힘이 장사인 형장과 씨름하여 선(禪)의 힘으로 굴복시킨 것에 대해 의문을 가졌었지요. 상대할 만하지 않은 이하고 씨름 시합을 하고 또 그를 굴복시킬 필요가 있었느냐는 것이었지요? 선생님은 "어찌하여 예수는 걷지 못하는 자를 걷게 하고, 죽은 자를 살리고, 급기야는 자신이 다시 살아나는 기적을 보였는지, 또 석가모니는 이교도들과의 신통력 대결에서 망고를 먹은 다음 그 씨를 땅에 심어 순식간에 피어오르게 하고, 천 명의 부처가 동시에 나타나는 기적을 보였는지 생각해보시지요"라고 말씀하셨습니다.

선생님의 말씀을 이곳 상카샤에서 되새겨 보고 있습니다. 상카샤에 오기 위해 저는 그 질문을 드렸고, 또 선생님은 그렇게 답하신 것 같은 기분입니다. 천 명의 부처가 나타나는 것을 보고 그곳에 모인 사람들이 감탄하고 있는 사이, 석가모니는 홀연 자취를 감춥니다. 도리천의 어머니에게 설법하기 위해 하늘로 올라간 것이지요. 석 달 동안을 하늘 세계에 머물던 석가모니는 스라바스티가 아닌 상카샤로 하강합니다. 석가모니의 기적을 본 많은 이들이 부처의 세계에 귀의한 것은 당연한 결과였지요. 선생님은 종교에서의 기적은 곧 우매한 백성들에게 가장 강력한 설법임을 암암리에 보이신 것도 같지만, 딱히 그렇게 단정 지을 수 없는 것이 문학이겠지요. 선생님의 말씀은 답이 아니라 어쩌면 질문이었다는 생각이 듭니다. 질문이 곧 문학에서는 답이겠지요.

당시 저는 종교의 기적을 상징적인 신화로만 생각했는데, 지금 불교 신화의 고장에 왔습니다. 신화의 고장이지만, 남아 있는 것은 별로 없습니다. 이곳이 성지였음을 알려주는 스투파의 흔적이 있고, 아쇼카 석주의 머리 부분, 그리고 석가모니가 사다리를 타고 브라흐마와 인드라의 호위를 받으며 내려오는 장면을 그린 근래의 부조 작품만 있을 뿐입니다. 옛날에는 이곳에 대가람이 있었다고 하나, 현재는 스투파 꼭대기에까지 허름한 힌두 사원이 들어섰습니다. 그러나 근래 들어서는 성지를 찾아온 각국의 불교도들이 속속 절을 짓고 있습니다. 스리랑카와 미얀마 사원이 가장 먼저 들어섰고, 일본인들과 티베

스투파 옆 나무 가지에 공작새가 앉아 있다.

다양한 색깔과 모양의 구름들. 우기에 상카샤에 가면 이런 구름을 볼 수 있어서 좋다.

트인들도 절을 짓고 있습니다. 그 덕분에 저는 미얀마 사원에서 편안하게 며칠을 보내고 있습니다.

저는 지금 볼 것이 없음이 안타까우면서도 행복합니다. 볼 것이 없는 구경거리를 자주 들르면 그것 또한 볼 만한 것이 됩니다. 아침저녁으로 스투파를 세 바퀴 돌다보면 하늘은 다양한 구름을 보여줍니다. 구름이 온갖 모양을 만들며 다양한 색깔을 보여주는 사이, 죽어가는 나뭇가지에 앉아 있는 공작새가 힘차게 날개를 폈다가는 접고 하늘로 날아오릅니다. 저는 스투파를 돌다가 갑자기 카메라를 들어 공작과 가마우지와 염소와 검은 소를 찍곤 합니다. 하루에 한 번씩 거센 비가 내립니다. 줄기차게 쏟아지던 빗줄기가 그치면 하늘은 다시 구름으로 곡예를 벌입니다. 하늘에는 구름 떼요, 땅에는 염소 떼요, 돼지도 물소도 사람들과 함께 산보하는 모습이 참 정겹습니다. 소를 목욕시키는 소년의 눈길에서 가슴 뭉클한 감동을 느끼며 하루를 노을로 마감합니다.

아침 5시에 일어나 세면한 후 법당에 가서 백팔배를 합니다. 6시에 식사를 합니다. 식사를 마친 후에는 약 2킬로미터쯤 걸어서 스투파에 갑니다. 탑돌이를 세 바퀴 하고는 다시 마을을 지나고 미얀마 사원을 지나 삼거리에 갑니다. 오늘 아침에는 삼거리의 가게에서 선생님께 전화를 했지요. 이 시골구석에서 캐나다까지 연결된다는 것이 참 신기합니다. 이 시골에는 없는 것이 참 많은데, 또 없는 것이 없기도 합니다.

이곳은 참으로 가난합니다. 마을에 컴퓨터가 한 대도 없습니다. 전화가 있는 집도 거의 없지요. 전화를 하려면 전화 가게에 가야 합니다.

두 마리 소로 쟁기질하는 상카샤의 농부.

낯선 사람을 구경하는 상카샤의 어린이들.

또 다른 불교 성지 바이샬리보다는 훨씬 낫지만, 그래도 움막 같은 집에서 사는 사람이 많습니다. 가난하지만 사람들은 행복합니다. 그러나 외지 사람들이 자주 와 자극을 받게 되면 그들의 의식이 달라지겠지만, 이 가난한 사람들이 기회를 잡는 것은 참으로 어려운 일인 듯싶습니다. 일단 교육을 받기가 힘듭니다. 인도인의 65%만이 최소한 초등학교라도 다닙니다. 가난한 시골 마을의 문맹률은 훨씬 더 높습니다. 이들을 어떻게 구원할 것인지 막막하기 그지없지만, 그러나 이들이 서울에서 잘먹고 잘사는 우리들보다 오히려 행복하다는 게 아이러니합니다.

석가모니가 스라바스티에서 이곳 상카샤로 내려온 까닭을 생각해 봅니다. 스라바스티는 큰 사원이 있는 불교의 고장이어서 이곳으로 온 것일까요? 아니면 멸망한 석가족 사람들이 많이 살고 있는 곳이어서였을까요? 민족적인 이유는 아닐 것 같고, 스라바스티에서 좀 떨어진 상카샤를 불교의 전파지로 선택한 것일까요? 그렇다면 이곳은 선택받은 땅입니다.

언젠가 한번은 선생님과 함께 이곳에 오고 싶습니다. 아무것도 볼 것 없는 심심한 이 고장에 제법 여러 사원이 들어서, 그때는 좀 번창한 도시가 되어 있을지도 모르겠습니다. 그리하여 이 땅의 사람들이 잘살게 된다면 좋겠지만, 지금처럼 한가롭고도 가난하지만 행복한 시골 마을이어도 좋을 것 같습니다. 소로 쟁기질하는 모습, 큰 저울로 무게를 달아 쌀을 파는 모습을 함께 구경하면서, 선생님 소설 속의 기적을 이야기하고 싶습니다.

이곳에는 술이 거의 없습니다. 선생님이 오신다면 도회지에서 선생님 좋아하시는 술도 가지고 오지요. 선생님께서 촛불승의 말투로 "소주 한잔 하십습지" 하시면 저는 소주를 마시며 한없이 행복할 겁니다.

저는 사흘 후면 한국에 돌아갑니다. 인도 여행은 세번째인데, 이번 여행이 가장 짧습니다. 그럼에도 불구하고 오래전부터 오고 싶었던, 하지만 볼 것 없다는 주위 사람의 만류에 오지 않았던 상카샤에 왔으니, 이번 여행을 절대로 잊지 못할 것입니다. 왠지 선생님 작품의 무대인 '유리'와 닮은 고장이 이곳이 아닐까도 생각했습니다. 저는 이제 이틀만 더 유리 같은 고장을 살고 한국으로 가겠습니다.

선생님은 세계 문학사의 보배이십니다. 제게는 새로운 작품이 선생님의 가슴속에서 또 무르익는 것이 느껴집니다. 《잡설품》에 이어지는 작품은 무엇일지, 사뭇 그 제목부터가 기대됩니다. 계속해서 한국 문학사, 아니 세계 문학사를 다시 써주시기 바랍니다. 사모님께도 안부 전해주십시오. 사모님도 새 학기에 더욱 열심히 공부하시는 학생이 되길 기대합니다. 내년 봄, 서울에서 뵙겠습니다.

안녕히 계십시오.

2008년 7월 11일

인도의 상카샤에서

창룡 올림

08

붓다의 열반지
쿠쉬나가르

당신의 육신에 불이 붙었습니다.
알뜰했던 당신의 육신이
임무를 끝내고 영원히 잠든 날,
당신의 육신에 불이 붙었습니다.

세상에서 가장 아름다운 불이었습니다.
불이라고도 부를 수 없는 불이었습니다.
불이 활활 타올라 우리들의 가슴에서
불이라고 부를 수도 없는 불이
활활 타올라 우리들의 눈에서
뜨거운 눈물이 흘렀습니다.

그 눈물을 모아 만든 거대한 탑에서
만나기로 약속했지요?
언제였던가요?
그때 뵙겠습니다.

잊을 수 없는 사람과 잊을 수 없는 마을

인도에서의 마지막 날, 고락푸르에서 우리는 쿠쉬나가르의 수닐 쿠마르에게 전화를 걸었다.

"오늘 인도를 떠납니다. 인도에서 참으로 행복했어요. 특히 당신의 친절은 절대 잊지 못할 겁니다."

수닐은 쿠쉬나가르의 티베트 사원 앞에 있는 '붓다 카페'의 주인이다. 쿠쉬나가르에서 머문 일주일 동안 우리는 매일 붓다 카페에 들러 한 끼 식사를 해결했다. 그의 음식 솜씨는 일품이었고, 매우 친절했다. 그의 아이들도 아주 귀여웠는데, 특히 둘째 아르피타는 우리에게 쿠쉬나가르의 문화와 힌디어를 가르쳐준 스승이었다.

"그래, 잘 가시오. 인도에 다시 오거든 꼭 쿠쉬나가르에 들르시오. 그때는 내가 한국 음식을 해드리리다."

2001년 11월 13일, 우리는 바라나시에서 고락푸르행 기차를 탔다. 석가모니도 이 길을 따라 쿠쉬나가르로 갔을 것이다. 45년 동안 끊임없이 전도 여행을 다녔던 석가모니는 생애 마지막 여행을 떠난다. 그 여행이 생애 마지막이라는 것을 그는 알고 있었다.

오후 1시 20분 기차였는데, 연착해서 3시에 기차가 왔다. 고락푸르에 도착하니 밤 10시가 되었다. 두 달이 다 지났지만 나는 아직도 인도에 적응하지 못했다. 밤중에 배낭을 메고 나가는 것이 내키지 않아 웨이팅 룸에서 새우잠을 잤다. 웨이팅 룸에서는 많은 여행객들과 노숙자들이 잠들어 있거나, 쉬고 있거나, 기차를 기다리고 있었다. 네팔 사람들도 꽤 있었다. 이중에는 석가족의 후예도 있으리라.

새벽에 일어나서 우리는 서모사 몇 개를 먹고 쿠쉬나가르로 떠나는 버스를 찾았다. 버스가 다가오자 수많은 사람이 일제히 뛰기 시작했다. 나도 덩달아 뛰려 했지만, 무거운 배낭이 내 몸을 잡아당겼다. 문이 열리자마자 사람들이 버스에 빨려 들어갔다. 배낭을 두 개씩 짊어진 우리는 뒤뚱뒤뚱 천천히 버스에 올랐다. 인도 청년 한 명이 우리를 부르더니 자기 자리에 앉혔다. 그 옆자리도 비어 있어서 나와 아내는 자리에 앉을 수 있었다. 너도 피곤할 텐데 내가 일어서겠다고 했더니, 고개를 잘래잘래 저었다. 자기는 금방 내린다는 거였다.

인도 사람들은 대단히 외향적이고 호기심이 많다. 외국인을 보면 멀리서도 쫓아와 어느 나라에서 왔느냐고 물어보고, 아울러 종교를 물어본다. 그런데 이 청년은 침묵을 지키고 있다. 내가 오히려 그에 대해 궁금해졌다.

"너의 종교는 무엇이냐?"

"무슬림입니다."

그 말만을 남기고 청년은 다시 침묵에 잠겼다. 이 친구는 인도인으로서는 보기 드물게 내성적인 성격인 듯했다. 속으로는 내가 어느 나라 사람인지 무척 궁금할 것이다.

"나는 한국에서 온 부디스트다."

그가 살짝 미소를 지어주었다. 그러고는 서로 이름을 알려주었는데, 지금은 그 이름이 기억나지 않는다. 수첩에 적어두었는데, 한국에 돌아온 후 오랫동안 지녀온 그 수첩을 나도 모르는 새에 잃어버렸다. 그러나 그 친절하고 착한 얼굴은 지금도 삼삼하게 떠오른다.

쿠쉬나가르는 성지 순례를 오는 사람들이 많아져 차츰 관광지의 풍모를 갖춰가고 있지만, 아직은 조용한 곳이었다. 사방은 풀밭이거나 사탕수수 밭이었다. 풀벌레 소리가 적막을 감춰주고 있었으며, 바람이 허허벌판을 채워주었으며, 구름이 드넓은 하늘을 심심치 않게 해주었으며, 풀밭을 잘 보면 민달팽이가 맨발로 힘겨운 여행을 계속하고 있었다.

숙소가 몇 군데 없었다. 한국 절도 있었지만, 지금은 스님이 계시지 않아 문을 열지 않는다고 했다. 우리는 론리플래닛이 소개한 싼 숙소인 '인터내셔널 게스트하우스'에 여장을 풀었다. 전압이 불안정해 물 끓이는 코일이 고장 났다. 나는 겁이 나서 노트북을 켤 수 없었다. 이것저것 정리하고 하루 종일 죽음 같은 잠을 잤다.

다음 날에도 피로가 풀리지 않았다. 붓다 카페에서 식사를 하고는

쿠쉬나가르의 열반당(니르바나 사원). 부처님 당시의 나무는 아니지만, 주위에 살라나무가 여러 그루 있다.

숙소로 가서 끙끙 앓았다. 오늘은 니르바나 사원에 누워 계시는 석가모니 부처님을 만나고 싶었으나, 나의 몰골이 너무 처참했다. 하루 기차 여행에 하룻밤 한뎃잠을 잤는데도 이리 피곤한데, 날마다 노숙하는 사람들은 어떨까? 석가모니도 늘 한뎃잠을 자지 않았던가. 한데서 자는 수행자들을 위해 절을 지으니, 그것이 라지기르의 죽림정사요, 스라바스티의 기원정사였다.

쿠쉬나가르에 온 지 사흘째 되는 날에야 니르바나 사원을 방문했다. 폐허의 승원 한쪽에 하얀색 건물이 아담하게 자리를 잡고 있었다. 사원 주위에 살라나무가 여러 그루 있었지만, 석가모니 당시에 있었던 나무는 아니다. 사원 문을 여는 순간, 나는 깜짝 놀랐다. 누워 있는 불상이 마치 석가모니 부처님의 진짜 육신처럼 느껴졌기 때문이다. 눈에서 나도 모르게 눈물이 흘러나왔다. 석가모니 부처님은 이토록 인간적인 부처님이었구나. 아니, 부처이기 전에 인간이었구나. 부처님을 향한 나의 정은 거의 육친을 향한 것이었다.

부처님은 북쪽을 향해 머리를 두고 옆으로 편안히 누워 계셨다. 황금 담요를 두르고 계셨고, 오른손은 살짝 얼굴을 받치고 계셨다. 오른손 바로 앞에 네팔의 국화인 랄리구라스 몇 송이가 화려한 색을 발하며 놓여 있었다. 발은 경전에 나온 대로 평발이었으며, 두 다리 인대 사이에 연꽃이 살포시 자리를 잡고 있었다.

보드가야에서 깨달음을 얻은 이후 석가모니는 하루도 빠지지 않고 어리석은 중생들과 뛰어난 제자들에게 가르침을 베풀었다. 그 마지막 가르침이 이곳 쿠쉬나가르에서 행해졌으니, 그것이 바로 '열반경'

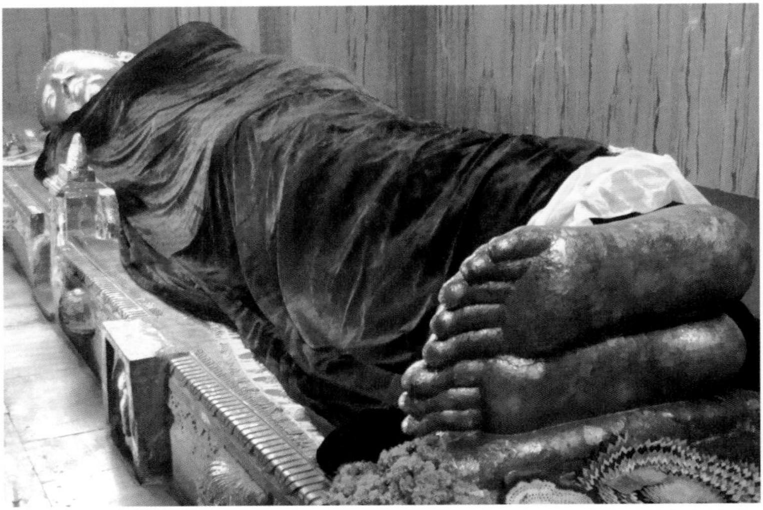
쿠쉬나가르의 열반당에 모셔져 있는 부처님의 열반상.

이다.

라지기르의 영취산에서 묵고 있던 석가모니는 날란다를 거쳐 파트나에서 가르침을 베푼 후 코티가마 마을, 나디카 마을, 바이샬리를 거쳐 벨루바 마을에 갔다. 벨루바 마을에서 석가모니는 육신에 병이 들었다. 병중에도 석가모니는 제자들을 모아놓고 끊임없이 정진할 것을 당부했다.

여러 마을을 거쳐 석가모니는 파바 마을에 도착하여 대장장이 춘다가 소유하고 있는 망고나무 동산에서 잠시 쉬었다. 춘다가 부리나케 달려와 말했다.

"부족하지만 제가 부처님께 공양을 올리고 싶습니다."

춘다가 차린 음식 중에는 '스카라 맛다바'(연한 돼지고기 요리라고도 하고, 전단나무에서 자라는 버섯으로 만든 요리라고도 전한다)라는 귀한 요리가 있었다. 스카라 맛다바를 본 석가모니가 말했다.

"춘다야, 그 스카라 맛다바를 모두 내게 가져오도록 해라."

춘다는 스카라 맛다바를 전부 석가모니에게 바쳤다. 식사가 끝난 후 석가모니는 춘다에게 말했다.

"남은 스카라 맛다바는 구덩이를 파서 묻어라. 이 음식을 완전하게 소화할 수 있는 사람은 여래 외에는 없느니라."

그날의 스카라 맛다바에 악마가 몰래 독을 집어넣었던 것이다. 석가모니는 이를 알아차리고 그 음식을 스스로 소화했다. 부처에게 악마의 독은 독이 아니라 오히려 약이 될 수 있었다. 어린 크리슈나를 죽이려고 여악마 푸타나는 자신의 젖에 독을 넣은 후 크리슈나에게 젖꼭지를 물렸다. 그런데 비슈누 신의 화신인 크리슈나에게 악마의 독은 독이 아니라 약이었다. 크리슈나는 독젖을 맛있게 먹었다. 그 힘이 얼마나 셌던지 푸타나의 온몸이 젖꼭지를 통해 크리슈나 속으로 들어가고 말았다.

붓다에게도 악마의 독은 독이 아니었으나, 붓다가 악마의 독을 젖으로 만들 경우, 그것은 악마의 유혹에 빠지는 것이 된다. 악마의 목표는 석가모니가 육신에 집착하게 만드는 것이었기 때문이다. 악마의 독을 약으로 만들어 자신의 몸을 보호하는 순간을 기다리며 악마는 쇠약한 부처를 끊임없이 유혹했다.

석가모니는 스카라 맛다바의 독을 그대로 독으로 받아들였다. 춘다는 서둘러 남은 스카라 맛다바를 구덩이에 묻고는 석가모니에게 절을 올리고 한쪽에 앉았다. 석가모니는 기쁘게 춘다에게 가르침을 베풀고는 일어났다.

춘다의 집을 나온 후 석가모니는 스카라 맛다바의 독이 온몸에 퍼지면서 병이 깊어졌다. 피가 섞인 설사를 하는데도 석가모니는 길을 멈추지 않았다.

"아난다야, 이제 쿠쉬나가르로 가자."

쿠쉬나가르로 가는 도중에 석가모니는 한 나무 밑에서 멈추었다.

"아난다야, 가사를 네 겹으로 접어서 깔아라. 조금 쉬어야겠다."

아난다는 석가모니의 말씀대로 나무 아래에 가사를 깔았다. 석가모니야말로 고대의 노숙자였던 것이다. 그는 이불도 가지고 다니지 않았던 모양이다. 생각해보면 얼마나 가슴 아픈 일인가. 그 고생을 그는 사서 한 것이며, 그리고 그 고생이야말로 진정한 환희라고 가르쳤으니, 어쩌면 고생도 아니었는지 모른다. 그러나 인간의 육신은 목이 말랐다. 붓다의 정신으로도 육신의 목마름을 이겨낼 수는 없었다. 그것은 부처가 신이 아니라 인간임을 보여주는 목마름이다. 석가모니가 아난다에게 부탁했다.

"아난다야, 물 좀 떠다 다오. 몹시 목이 마르구나."

"세존이시여, 저 앞에 흐르는 시냇물은 바야흐로 오백 대의 수레가 지나갔기 때문에 흙탕물이어서 드실 수 없습니다. 다행히 여기서 조금만 더 가면 카쿠타 강이 있습니다. 그 강에 가면 물도 마실 수 있고, 목욕도 할 수 있을 것입니다."

석가모니는 다시 한 번 부탁했다. 아난다는 또 같은 대답을 했다.

석가모니가 세번째로 부탁하자, 아난다가 일어나 시냇가로 갔다. 그런데 시냇물이 깨끗했다. 지금 막 오백 대의 수레가 지나간 개울이 아니었다.

'참으로 불가사의하도다.'

아난다는 합장한 후 공손히 물을 길러서 석가모니에게 드렸다. 기운을 차린 석가모니는 길을 떠나 카쿠타 강에서 몸을 깨끗이 씻은 후 춘다의 집에 들러 죄스러워하는 그를 위로하고 입멸을 위한 땅, 쿠쉬나가르로 향했다.

"아난다야, 이제 히란야바티 강 맞은편 언덕 쿠쉬나가르 외곽의 살라나무 숲으로 가자."

살라나무 숲에서 석가모니는 말했다.

부처님 열반상 밑에 새겨져 있는, 슬퍼하는 아난다의 모습.

"아난다야, 이 한 쌍의 살라나무 사이에 머리가 북쪽으로 향하도록 자리를 깔아라. 누워서 쉬고 싶구나."

아난다가 마련한 자리에 석가모니는 오른쪽 허리를 아래로 하고 발을 겹쳐 누웠다. 석가모니는 이제 육신을 떠날 준비를 마친 것이다. 이때 살라나무에 갑자기 꽃이 피더니, 꽃잎이 한 잎 한 잎 날다가 석가모니의 몸 위로 떨어졌다. 꽃잎이 떨어져 스승의 몸 위로 떨어지는 것을 물끄러미 바라보며 아난다는 눈물을 흘렸다. 제자 아난다는 석가모니의 조카이기도 했다. 그러나 이들에게 속세의 혈육은 의미가 없었다. 제자 중에는 석가모니의 아들 라훌라도 있었으나, 석가모니의 임종을 끝까지 지킨 이는 아난다였다.

"스승이시여, 어찌하여 이곳에서 열반에 드시려 하십니까?"

석가모니는 기다렸다는 듯이 기쁜 표정을 지으며 말했다.

"여래가 태어난 곳은 북쪽의 룸비니이고, 깨달음을 얻은 곳은 동쪽의 보드가야니라. 최초로 설법을 한 곳은 서쪽의 사르나트다. 이 세 곳의 중간에 쿠쉬나가르가 있다. 세상 사람들이 여래와 인연 있는 곳을 보면 깊은 신심을 일으킬 것이요, 입멸지에서는 부처의 육신마저 세상을 떠나야 한다는 것을 깨닫고 미혹에서 벗어날 수 있을 것이다."

"세존의 은혜는 그 끝이 보이지 않습니다. 그러면 세존의 유해를 어떻게 모시면 좋겠습니까?"

"아난다야, 너희 출가자는 여래의 유해를 모실 생각은 하지 마라. 너희들은 출가 본래의 목적을 위해 바른 마음으로 노력하면 되느니라. 신앙심 깊은 왕족이나 사제들이 여래의 유해를 모실 것이니라."

아난다는 석가모니와 이야기를 나누면서 슬픔이 더욱 북받쳐올랐다. 눈물 때문에 먼 산과 하늘이 물방울로 보였다.

"세존이시여, 쿠쉬나가르같이 작고 외진 마을에서 열반에 들지 마시고, 더 큰 도시로 가시는 것이 어떻겠습니까?"

"쿠쉬나가르는 결코 작은 마을이 아니니라. 이 마을은 먼 훗날에는 전 세계와 우주로 통할 것이니라."

석가모니가 누워 있는 동안 많은 수행자들이 찾아왔다. 석가모니를 친견하기 위해 찾아온 수밧다라는 고행자가 아난다에게 알현을 거절당한 것을 안 석가모니는 그 고행자를 직접 만나 이야기를 나누었다. 그는 석가모니의 마지막 제자가 되었다.

아난다는 스승을 이대로 보낼 수는 없다고 생각했다. 그는 아직도 배워야 할 것이 많았다.

"세존이시여, 세존께서 입멸하신 후에 우리는 누구를 의지하여 가르침을 구해야 한단 말입니까?"

"아난다야, 슬퍼하지 마라."

석가모니는 아난다에게 마지막 가르침을 베풀었다. 경전은 석가모니 주위에 시방세계의 수많은 신들이 모여 배알했다고 묘사한다. 그러니까 석가모니가 아난다에게 베푼 마지막 설법은 아난다뿐만 아니라 세상의 수많은 신을 비롯하여 모든 유정(有情)에게 베푼 가르침이었다.

"이별이란 우리에게 가깝고 소중한 모든 것에서 피할 수 없는 것이라고 내가 이미 말하지 않았더냐. 태어나고, 생겨나고, 만들어진 것은 무엇이나 그 자체 안에 사멸할 성질을 포함하고 있다. 죽음은 누구도 피할 수 없다. 아난다야, 너 스스로를 너의 섬으로 삼고, 또 그 누구도 아닌 너 자신을 너의 의지처로 삼아서 살아라. 법을 너의 섬으로 삼고, 법을 너의 의지처로 삼아라. 그 밖의 어느 것도 너의 의지처가 아니다."

여기서 말하는 섬의 기원어는 '등(燈)' 이라는 뜻도 있기 때문에 중국에서는 이 설법을 줄여서 '자등명 법등명(自燈明 法燈明)'으로 번역했다. '너 자신을 등불로 삼고, 법을 등불로 삼아라'라는 뜻이다.

죽음이 한 발 더 다가오자 석가모니는 비구들에게 수행에 의문 사항이 있으면 질문하라고 말했다. 미혹에서 벗어난 비구들은 아무도 입을 열지 않았다. 석가모니는 다시 두 번을 더 물었다.

"의심이 가는 것이 있으면 물어라. 여래가 마지막으로 대답해줄 것이니라."

사방은 여전히 침묵이었다. 꽃잎도 더는 떨어지지 않았고, 바람도 불지 않았고, 구름도 정지했고, 풀벌레도 울음을 멈추었다. 그 누구도 의심하지 않는다고 생각하고 석가모니는 제자들에게 마지막 말을 전했다.

"비구들이여, 이제 마지막으로 그대들에게 말하겠다. 만들어진 모든 것은 변해간다. 그 무엇에도 집착하지 말고 게으름 피우지 말고 열심히 정진하여 너희들의 수행을 완성하라."

나는 조용히 석가모니의 최후를 생각했다. 그의 신통력이라면 생명을 더 연장할 수도 있었을 것이다. 그러나 그는 거기서 멈추었고, 그리하여 그의 가르침은 오히려 영원한 생명을 얻었다.

니르바나 사원에서 하루를 꼬박 보낸 날 저녁, 우리는 붓다 카페에서 김치를 담그고 라면을 끓여 먹었다. 석가모니를 만나고 이미 배부른 내가 음식을 탐하고 있었다.

수닐 쿠마르의 가족과 우리는 마치 한가족처럼 모여서 식사했다. 라면에 고춧가루를 풀어 제법 매웠다. 아르피타는 땀을 뻘뻘 흘리면서 고춧가루를 넣은 라면을 맛있게 먹었다.

붓다의 화장터에 세워진 라마바르 스투파

편안하게 숨을 거둔 석가모니의 열반은 아름다웠다. 기나긴 세월 부처님의 길은 끝없는 고난이었다. 편히 쉴 수도 있었지만 그는 늘 쉬운 길을 가지 않았다. 그것만이 거듭해온 윤회에 종지부를 찍는 붓다의 삶에 합당했기 때문이다. 그날을 북전(北傳)에서는 2월 15일, 남전(南傳)에서는 '베사카 달의 보름'이라 한다. 베사카 달은 인도의 달력으로는 둘째 달이고 보름은 15일이므로 실제로는 같은 날이다. 한국에서는 음력 2월 8일을 열반절로 기린다.

부처님이 깊은 잠에 드시자 신들은 매우 서운해하면서도 생전에 펼친 부처님의 덕을 찬탄하기에 바빴다. 엄밀히 말해 부처님은 베다의 신들에게 달갑지 않은 존재로 생각할 수 있지만, 그것은 인간의 생각일 수 있다. 인간처럼 희로애락의 굴레를 벗어나지 못하는 베다의 신들도 부처님의 법에 크게 감화될 수 있었다는 말이다. 태어날 때부터

바이샬리의 일본 절에 걸린 부처님의 열반상. 《대반열반경》에서 얘기한 대로 자세하게 묘사되어 있다. 하늘에서 천신들이 꽃비를 내리는 가운데, 많은 신들과 사람들이 부처님의 열반을 지켜보고 있다.

최초의 불탑인 라마바르 스투파. 지붕을 올리려 하는지 공사하는 중이다.

붓다의 생애와 함께해온 브라흐마가 노래했다.

세상에 태어나시어
그 몸 다하여 선정에 드시니
세상에 비할 수 없는
바른 깨달음 얻으신 스승 여래께서는
스스로 증득한 진리를 증명하였으니
영원한 열반에 드시는구나

부처님의 열반이야말로 진정한 죽음이다. 다시는 태어나지 않는 죽음이기 때문이다. 우리가 부처님의 열반을 진정으로 슬퍼해야 하는 이유는 여기에 있다. 다시는 태어나지 않는 부처님인 것이다. 그러기에 부처님의 열반상은 아무리 장엄하게 만들어도 육친의 죽음처럼 가슴 아프게 다가온다. 그것은 어디까지나 범부인 나의 입장이고, 잠드신 부처님의 모습은 한없는 평화의 정점에 놓여 있다.

열반한 지 일주일 후 부처님의 시신은 쿠쉬나가르에서 살고 있던 말라족에 의해 화장되었다. 부처님의 사리를 포함한 유물을 놓고서 말라족과 마가다 · 바이샬리 · 카필라바스투와 같은 몇몇 왕국 지도자들의 사절들 사이에 있었던 논쟁은 도나라는 늙은 사제에 의해 해결되었다. 서로 사리를 많이 확보하려는 여러 왕국의 관계자들 사이에서 도나는 평화를 설파했던 분의 유물을 놓고 싸워서는 안 된다며 그들을 진정시켰다. 그 결과 합의를 통해 석가모니의 사리는 여덟 부분

사탕수수를 수확하는 모습.

라마바르 스투파 가는 길에 있는 사탕수수 공장.

스위티를 만들고 있는 사람들.

으로 나뉘었다. 그들은 자국으로 돌아가 그 유물을 안치하고서 석가모니의 유덕을 경모하는 구조물을 세웠는데, 이것이 스투파(stupa), 즉 불탑(佛塔)이다.

우리는 최초의 불탑인 라마바르 스투파를 구경했다. 스투파는 우리가 있는 곳에서 약 1킬로미터 떨어진 곳에 있었다. 아르피타와 베네수엘라 아가씨와 아내, 그리고 나, 이렇게 넷이서 걸어서 갔다. 곳곳에 사탕수수 밭이 있었고, 가끔 사탕수수를 잔뜩 실은 수레가 지나갔다.

한적한 길가에 있는 차이 가게에서 차 한 잔씩을 마시고 뙤약볕 아래를 다시 걸었다. 한참을 가니 설탕 만드는 공장이 나왔다. 사탕수수가 산처럼 쌓여 있었다. 사람들은 땀을 뻘뻘 흘리면서 불을 때 설탕 덩어리를 만들었다. 사람들은 인도 사람들이 게으른 것으로 알고 있지만, 이곳 사람들은 매우 부지런하다. 아침 일찍 일어나 목욕하고 신에게 예배한 후 새벽부터 일을 한다. 섭씨 40도 이상 오르는 시간에 잠깐 오수를 취한 후 다시 일을 시작한다.

한참을 더 가니 거대한 쇠똥처럼 보이는 독특한 형태의 탑이 보였다. 붉은 벽돌을 쌓아서 만든 탑이었다. 이것은 석가모니가 세상을 떠난 직후에 만든 소박한 형태의 탑이었다. 이곳에서 석가모니의 다비식이 이루어졌다고 한다.

부처님의 열반 소식이 멀리 떨어진 곳에서 수행하던 수제자 마하카샤파에게 전해졌다. 마하카샤파는 부리나케 달려왔지만, 그래도 며칠이 지났다. 다비식 준비가 끝나자 사제들은 나무에 불을 지피려 했다.

그러나 나무에 불이 붙지 않았다. 쏘시개를 철저하게 준비해서 불을 붙여도 소용없었다. 사제들이 진땀을 흘리고 있을 때, 마하카사파가 도착했다. 스승을 떠나보낸 마하카사파의 표정은 비감했으나, 그는 슬픈 표정을 짓지 않으려 노력했다. 대신 그의 얼굴은 굳센 의지를 불태우고 있었다.

'스승이시여, 진정 이렇게 가시렵니까?'

'사랑하는 제자야, 지금이야말로 내가 가야 할 때이니라. 참으로 아름다운 한때였다. 이제는 네가 세상의 가르침이 되어라.'

'스승이시여, 최선을 다하겠습니다. 저희 비구들은 스승의 말씀대로 수행을 완성하겠습니다. 스승의 말씀을 널리 전하겠습니다.'

마하카사파는 스승과 소리 없는 대화를 나누고 있었다. 그때 관에서 석가모니의 두 발이 불쑥 나왔다. 지켜보던 사람들이 모두 놀라 합장했다. 석가모니가 다시 발을 집어넣자, 나무에 불이 붙었다. 불은 세상에서 가장 아름다운 모습으로 타올랐다. 세상의 모든 별빛이 다비식에 참여한 나무와 함께 타올랐다.

라마바르 스투파는 소박했다. 소박하고 소박하여 정겨웠다. 아르피타가 탑에 올라갔다. 탑은 어린 소녀의 장난을 기꺼이 받아주었다. 나는 합장하고 스투파를 세 바퀴 돌았다. 돌아오는 길에 아르피타가 다녔다는 학교를 보았다. 학교는 학교라 할 수 없을 정도로 초라했다. 초등학교를 마친 아르피타는 그때 학교를 쉬고 있었다. 아이들을 가르치는 것이 수닐 쿠마르에게는 큰일이라고 했다. 수닐은 카페를 키워서 PC방을 하고 싶은데, 컴퓨터가 너무 비싸다고 했다. 나는 붓다 카페 아이들에게 노트 몇 권을 비롯하여 학용품을 사주었다.

그 다음 날 쿠쉬나가르 동쪽의 제법 큰 마을인 카시아에 갔다. 너무도 조용했던 쿠쉬나가르에서 카시아로 나오자, 생기가 느껴졌다. 돌아오는 릭샤에서 나는 노래를 불렀다. 노래를 부르다가 자연스럽게 《반야심경》을 암송했다. 구경할 곳은 쿠쉬나가르 박물관만 남았다. 일본인이 만든 깔끔한 건물이었다. 그러나 박물관 내부에는 모조품만 있었다.

쿠쉬나가르에 온 지 9일째 되는 날 우리는 라마의 고향 아요디야로 가기 위해 페자바드로 떠났다. 멀리서 아르피타가 우리가 안 보일 때까지 손을 흔들었다.

그로부터 약 넉 달 후 나는 인도를 떠나면서 쿠쉬나가르를 생각했다. 쿠쉬나가르는 석가모니의 열반상 외에는 특별히 구경할 것이 없다. 그러나 그곳에는 여느 곳과는 다른 기가 흐르고 있었다. 쿠쉬나가르를 지나가는 바람이 달랐고, 곳곳에 뿌리를 내린 풀과 나무도 달랐고, 풀밭을 기어 다니는 민달팽이도 달랐고, 무엇보다도 이 모든 것을 바라보는 사람들의 눈빛이 달랐다. 그것은 근본적인 슬픔을 담고 있는 눈빛인 듯하면서도 한없는 평화를 담은 눈빛이자 꿈꾸는 눈빛이었고, 커다란 호수와 높은 산과 깊은 바다와 드넓은 하늘을 담은 눈빛이었다. 그 눈빛들은 아침 일찍 일어났다. 일어나자마자 목욕하고 신에게 제사를 올리고는 사탕수수 밭이나 사탕수수 공장으로 간다. 흰 소가 길을 따라 나선다.

이곳 사람들은 석가모니의 가르침에는 별 관심이 없다. 그런데 왜 석가모니는 이곳이 먼 훗날 세계와 통할 것이라고 했을까? 석가모니의 가르침을 생각하지 않으면서도 이곳 사람들은 석가모니의 뜻을 실천하고 있는 것은 아닐까? 오랫동안 평화로운 도시이기만 했던 쿠쉬나가르에 일본 사람들을 필두로 하여 동양의 불교 신자들이 모이기 시작했고, 지금은 세계 여러 나라 사람들이 모여 한없는 평화와 한없는 사랑을 구경하고, 자신의 마음속에서 한없는 슬픔을 발견한다. 그들은 보이지 않는 석가모니의 뜻을 보기 위해 눈을 크게 뜨거나 눈을 감는다.

나는 눈을 감고 석가모니가 열반에 들었던 그 살라나무 아래를 생각하고는, 눈을 떠 마지막으로 쿠쉬나가르 쪽을 바라보았다.

다시 쿠쉬나가르 가는 길

■ 2008년 2월 1일(금)

내일은 쿠쉬나가르로 떠난다. 11시 5분에 하지푸르에서 기차를 타고 데오리아에서 내려, 다시 버스를 타고 가면 된다. 고락푸르를 거치지 않은 이 길이 석가모니가 열반지를 찾아 떠난 마지막 여행 길과 비슷하다.

■ 2008년 2월 2일(토)

하지푸르 역 앞에서 아침 겸 점심을 먹고 있다. 최창근 씨는 채소볶

음밥을 시켰고, 나는 탈리를 시켰다. 의외로 볶음밥이 먼저 나왔다. 창근 씨가 맛있단다.

하지푸르 역이 바라다보이는 식당이다. 프라이드 달(Fried Dal) 두 접시가 자동으로 나왔다. 모두 96루피. 아주 맛있게 먹었다.

11 : 15 제법 큰 도시인 하지푸르에서 창근 씨의 고장 난 충전기를 고치려 했지만, 고칠 수 없었다. 석류 주스(1잔 30루피)만 마시고 대기실로 돌아와서 사람들과 함께 기차를 기다리고 있다. 기차는 한 시간 연착이다.

햇살이 상당히 맑고 밝다. 하지푸르는 생각보다 깨끗하고 잘 정돈된 도시인 듯하다. 비하르 주도 발전하고 있는 게 분명하다. 자연환경으로 보면 최고의 조건임에도 불구하고 극빈한 비하르 주의 모습이 마음을 안타깝게 한다.

11시 5분발 데오리아행 열차가 12시 5분발로 늦춰지더니, 다시 12시 55분발로 늦춰졌다. 현재 시각 12시 5분, 다시 50분께를 기다려야 한다. 인도에서는 기다리는 시간에 조바심을 가져서는 안 된다. 그러다가는 화병 난다. 언젠가는 온다는 생각으로 느긋하게 기다리다보면 정말로 올 것이 오고야 만다.

기다리지 않아도 오고
기다림마저 잃었을 때에도 너는 온다.
어디 뻘밭 구석이거나
썩은 물웅덩이 같은 데를 기웃거리다가

한눈 좀 팔고, 싸움도 한판 하고,
지쳐 나자빠져 있다가
다급한 사연 듣고 달려간 바람이
흔들어 깨우면
눈 부비며 너는 더디게 온다.
더디게 더디게 마침내 올 것이 온다.
너를 보면 눈부셔
일어나 맞이할 수가 없다.
입을 열어 외치지만 소리는 굳어
나는 아무것도 미리 알릴 수가 없다.
가까스로 두 팔 벌려 껴안아 보는
너, 먼 데서 이기고 돌아온 사람아.

— 이성부, 〈봄〉

내가 좋아하는 이성부 시인의 시에서 봄이 오듯이 미륵 부처님은 오실 것이다. 석가모니 부처님이 그렇게 오셨듯이 미륵 부처님도 그렇게 오실 것이다. 마침내 오실 것이 오실 것이다.

이 역에는 웨이팅 룸은 없고 웨이팅 홀만 있다. 아무나 들어와서 기다릴 수 있다는 것이 한편으론 좋아 보인다. 2553번 열차가 와서는 좀체 떠나지 않는다. 타는 사람들보다 기다리는 사람들이 훨씬 많다. 졸리다.

부처님이 이 시대에 태어나신다면 어떻게 사실까?

12 : 25 2553번 열차가 이제야 떠난다. 기다리는 사람이 더 많아졌다. 부처님이 나실 때 세상은 마치 태양도 없고 달도 없고 별도 없는 것과 한가지였다. 비하르의 가난한 사람들을 보면 그런 생각이 들지만, 어쩌면 잘사는 사람들(외국 여행자들)을 만나기 전까지 그들은 행복했으리라.

어제 만난 바이샬리의 소년이 생각난다. 콜후아에 다녀와서 학용품을 사다가 학교에 기증하고 나와서 붓다 스투파, 붓다 릴릭 스투파로 가려 하는데, 한 소년이 따라와서 10루피를 달라 했다.

"내가 왜 네게 10루피를 주어야 하냐?"

내가 물었더니 소년은 대답했다.

"I am a poor man."

참 재미있는 대답이었다. 나는 또 열변을 토했다.

"너는 가난하지만 거지는 아니다. 가난한 사람이 구걸하는 것이 아니라 거지가 구걸하는 것이다. 너도 혹시 거지냐?"

소년은 내 말은 알아듣지 못하고 계속 "텐 루피"만 반복했다. 나는 소년에게 만약 가이드 역할을 충실히 해주면 주겠다고 했다.

"붓다 스투파가 어디 있냐?"

이렇게 물어도 녀석은 "텐 루피"만 외쳤다. 나는 녀석에게 1루피, 같이 따라온 녀석에게 1루피를 주었다. 그러자 소년은 또 쫓아와서 10루피를 외치며 달려들었다. 소년을 위협해서 쫓았더니, 녀석은 도망가면서 돌멩이를 던졌다.

가난은 얼마나 무서운 것인가? 10루피를 준다 해서 이들의 가난을 해소할 수 있는 게 아닌데, 마음이 참으로 무거웠다.

13 : 15 여전히 기차가 오지 않는다. '안내'에 가서 물어보니 20분 후에 도착한다고 한다. 인도 기차의 진수다. 오래 정차해 있던 정체 모를 기차가 떠나간다, 천천히. 기차가 떠난 자리에 햇살이 눈부시다. 그 앞에 멈추어 있던 화물차는 반대편으로 떠난다.

한 가족이 우리가 앉아 있는 자리 옆에 한 무더기의 짐을 쌓아두었다. 이 짐을 들고 열차를 타려면 고생깨나 하겠다. 그러나 가족 여행이니만큼 무척이나 즐거우리라.

13 : 30 여전히 기차는 오지 않는다. 괄리오르에서 오는 기차가 도착했다. 전광판이 들어와 아주 좋아했는데, 정전된 뒤로는 다시 전기가 들어왔는데도 제대로 된 정보를 알려주지 않는다.

13 : 40 드디어 기차가 왔다. 올 것이 오고야 말았다. 기차에서 무자푸르 청년들을 만났다. 러크나우에 취직시험 보러 가는 길이란다. 비하르에는 일자리가 없기 때문에 대도시로 가서 일자리를 구하는 것이란다. 한 청년이 내게 물었다.

"한국에는 교육받은 사람이 인구의 몇 프로나 됩니까?"

"거의 백 프로예요. 초등학교는 의무교육이기 때문이죠."

그 친구는 정말 놀랍다는 듯이 "인도는 인구의 육십오 퍼센트만이 교육받습니다"라고 말했다.

그 친구에게 인도의 작가들을 소개해달라고 했더니 《The Home of Book》의 작가 프렘찬드라(Premchandra)를 비롯하여, 니르말라(Nirmala), 고단(Godan), 세와사단(Sewasadan), 랑부미(Rangbhumi) 등을

쿠쉬나가르의 빈민촌.

카시아 시내에서 자전거를 끌고 가는 활기찬 소녀들.

소개해주었다.

그가 소개해준 작가의 작품을 아직 읽지 못했다.

쿠쉬나가르에 너무 늦게 도착하여 미리 생각했던 한국 절이나 타이완 절(린손 템플) 등에 묵을 수 없었다. 잠자는 스님을 깨워 티베트 절에 여장을 풀고 그 앞에 있는 포장 식당에서 늦은 저녁을 먹은 후 겨우 잠이 들었다.

포장 식당의 주인은 상당히 젊은 사람이었다. 젊지만 두 아이의 아버지였다. 그 포장 같은 집에서 아내와 어린아이들과 함께 살고 있었다. 이 자리에 있었던 붓다 카페는 어디로 갔느냐고 물었더니, 전혀 모르겠다고 했다.

"혹시 수닐 쿠마르를 아세요? 옛날 이 자리에서 식당을 했었는데요?"

그는 처음 들어보는 이름이라고 했다. 왠지 귀신에 홀린 것 같은 느낌이다.

■ 2008년 2월 3일(일)

4시 15분에 일어났다가 다시 잠이 들었는데, 목탁 소리가 들려왔다. 목탁 소리를 따라가니 한국 절에서 스님들이 예불을 하고 계셨다.

09 : 30 라마바르 스투파에 오다. 아르피타가 잽싸게 스투파에 올

라갔던 생각이 난다. 지금은 스투파에 지붕을 얹어놓아서 위로 올라갈 수 없다. 스투파 옆에는 사원으로 보이는 작은 건물 터가 있다. 티베트 사람들이 많이 와서 함께 부처님의 화장터를 구경했다. 돌아오는 길에 아이들과 함께 아이스크림을 사 먹었다.

수성 볼펜을 한 자루 샀다. 수성 볼펜인지 아닌지는 분명치 않다. 한 자루에 5루피. 싸고 좋다. 그럼에도 불구하고 인도의 어린이들은 볼펜 살 돈이 없는 형편이다. 참 안타까운 일이다. 어떻게 하면 모든 사람이 잘살게 할 수 있을까? 오늘날 석가모니가 다시 태어난다면 바로 그 문제를 고민하지 않을까?

13 : 35 티베트 절 앞 포장 식당에서 식사하고 박물관에 다녀오다.

15 : 35 쿠쉬나가르 일대를 산책하면서 걷다가 카시아 극장에 들어왔다. 〈정글 러브(Jungle Love)〉를 보다가 한 시간쯤 지난 후에 나왔다. 시골 극장 구경은 괜찮았지만, 영화는 형편없었다.

18 : 00 카시아 시내(시장) 구경 후 숙소에 돌아와 빨래를 걷어놓고 일본 음식과 중국 음식을 함께 파는 집으로 왔다. 다른 음식은 안 되고 오직 초면만 된다 한다. 계란 초면을 시켜놓고 나오기를 기다리고 있다. 일본 음식을 기대하고 왔기에 아쉬웠지만, 계란 초면은 일품이었다.

한국 절에서 목탁 소리가 들려온다. 비구니 스님들이 예불을 모시는 것 같다. 석가모니께서 영원히 사신 곳인데, 뭔가 허전하다. 서글픈 느낌이 든다. 목탁 소리가 쿠쉬나가르의 길 곳곳으로 서서히 퍼져

나가고 있다. 나무의 결과 결에서 빠져나온 목탁 소리는 나무의 결과 같은 목소리를 구멍 밖으로 내보내며, 구멍 밖에서 구멍을 그리며, 세상 속으로 들어가고 있다. 대한사의 성관 스님은 카트만두에 가셨다 한다.

■ 2008년 2월 4일(월)

오늘도 아침 일찍 일어나 대한사에 가서 예불의 끄트머리를 모시고 나왔다. 스님들은 오늘 바이샬리로 떠난단다. 쿠쉬나가르의 새벽안개가 사방을 가두고 있다. 가두고 있지 않은 것은 나를 둘러싼 20여 제곱미터뿐이다. 활처럼 휘어진 쿠쉬나가르의 새벽 거리를 돌아보았다. 작동을 멈춘 도시 같다는 느낌이 들었다. 6년 전과 다름이 없는데도 불구하고 6년 전에 만났던, 꼭 기억하고 싶은 사람들은 없다.

13 : 30 곤다행 9038번 기차를 탔다.

에필로그

여행의 끝자락에서

내 손은 나도 몰래 죽은 나무를 만지고 있었다
죽은 나무는 여인의 몸처럼 부드러웠으나
내 손이 닿자마자 앗 소롯해지는 것이었다
그녀의 몸속에서는 예쁜 벌레들이 꼬물거리고 있었다

나는 나도 모르게 은밀한 깨달음을 얻고 있었다
죽은 나무가 죽은 채로 서 있어야 하는 이유는
사랑이 끝나지 않았기 때문이었음을
이파리와 꽃과 열매와 헤어졌다 해도

죽은 나무는 온종일 서서 기다리다 죽은 나무는
기다림이 벌레로 태어나 나비가 될 때까지
내가 죽어도 당신을 잊을 수 없음을 알 때까지

죽은 나무는 죽은 나무가 아니었다
새가 나무를 잠시 떠났다 해도 다시 돌아오고 마는 한
나무의 살 속에서 기다림이 낳은 벌레를 꺼내 먹는 한

— 졸시, 〈죽은 나무는 죽은 나무가 아니다〉

2008년 불교 성지 순례를 마치며

■ 2008년 2월 17일(일) - 여행 32일, 네팔 10일, 카트만두 7일

06 : 00 아침 일찍 나와 차이를 두 잔째 마신다. 빵 두 개, 계란 하나 먹었다. 새벽 거리는 의외로 분주하고, 새벽 빵과 차이를 파는 가게에 빈자리가 거의 없다.

여행의 마지막 날, 새벽 거리를 산책하니 삶의 향기가 느껴진다. 모두가 행복하다. 차이 한 잔으로도 충분히 행복을 느낄 수 있다면, 그곳이 바로 천상 아니겠는가. 사람들은 새벽에 신에게 인사하고 신에게 축복을 비는 것을 커다란 기쁨으로 생각한다. 내 앞에 앉은 젊은 아저씨는 우유를 마시고 있다. 우유 하나에 빵 하나. 아마도 이 사람이 먹는 아침의 전부일 것이다.

전기가 나가니 촛불과 등불이 자연스레 등장했다. 정말 좋은 아침, 행복한 아침이다. 이렇게 바쁘고 부지런한 아침이 정말 좋다. 이 모든 사람에게 부처님의 가호가 있기를, 신의 축복이 있기를, 네팔에 더 이상 가난이 없기를, 가네샤 신의 은총이 내리어 문학이 충만하고 부가 무르익기를.

아침부터 세상은 꿈으로 가득하다. 사람들의 표정은 편안하고 꿈에 부풀어 있다.

10 : 20 일찌감치 공항에 왔다. 타이 항공 직원은 아직 오지 않았다. 기다리는 동안 일기를 쓴다.

아침 산책 시간에 더르바르 광장에 다시 다녀왔다. 사람들이 붐비기 전에 본 더르바르 광장은 아주 새로운 느낌으로 가득하다.

지난번에 그냥 지나쳤던 하누만 도카, 쿠마리 사원, 털레주 사원 등을 다시 구경했다. 왕궁을 하누만 도카라 한 것은 왕을 라마의 화신으로 여긴 데서 비롯된다. 라마의 충직한 신하였던 하누만이 라마의 수호신 역할을 충실히 했기 때문이다.

짐을 싸는 나의 손이 왠지 떨린다. 이 땅을 떠나는 것이 왜 이리 아쉽단 말인가? 이제 이 땅을 자주 밟게 될 것 같다.

인도와 네팔은 부처님이 직접 가르침을 펼쳤던 곳이다. 맨발로 산천을 누비며, 부처님은 살아 있는 가르침을 살아 있는 사람들에게 베푸셨다. 그 땅의 기운이 아직도 내 맘속을 쾅쾅 울린다.

모든 절차를 마치고, 면세점에서 차와 머플러를 샀다. 이곳을 떠나기 두 시간 전, 아쉬운 마음으로 발길을 옮긴다. 여행자들이 하나둘 공항으로 들어온다.

이번 여행은 짧았지만, 불교 성지를 골고루 돌아보았다는 점에서 의미가 있었다.

12 : 20 공항에 온 지 두 시간이 되었다.

14 : 05 비행기 출발 시간이 지났는데도 아직 비행기에 못 타고 있다. 수많은 사람들이 대기 장소에서 더러는 초조하게, 더러는 느긋하게 기다리고 있다.

22 : 15(태국 시간) 태국에 오니 시간이 훌쩍 지나가 버렸다. 국수와 맥주를 먹고 다시 비행기를 기다리고 있다. 이제 진짜로 한국에 간다.

카트만두의 성스러운 사원, 스와얌부나트.

■ 2008년 2월 18일(월)

02 : 15(한국 시간) 비행기는 가고 있는데, 나는 가지 않는다. 가만히 앉아 있어도 네 시간 후면 나는 서울에 있을 것이다.

06 : 05 앞으로 20분이면 인천 공항에 도착한다. 밖은 아직 깜깜하다. 한 달 동안 거의 새벽에 일어났다. 인도, 네팔 사람들은 대체로 일찍 일어난다. 그 사람들과 함께 호흡했는데…… 이제 아침형 인간이 되어볼까?

07 : 50 공항버스를 타고 흑석동으로 가고 있다. 한국은 잘 정비되어 있어 단조롭다. 드디어 목적지에 도착했다. 이제 새로운 여행이 시작되었다.

2009년 다람살라 여행을 마치며

■ 2009년 8월 9일(토)

열흘간의 인도 여행을 마치고 돌아왔다.

일본 나리타 공항에서 기다리는 동안 조명 선생님께 전화기를 빌려 어머니께 전화를 드렸다. 여행 기간 내내 전화를 드리지 못했기 때문이다. 내게 생일은 나의 날이 아니라 어머니의 날이어야 옳은 듯하다. 나는 내가 세상에 나온 내력을 전혀 모른다. 부모님께 전해 들었을 뿐이다. 그러므로 오늘 내 생일의 주체가 오히려 나를 만드신 부모님이어야 옳다고 보는 것이다. 한편 내가 기억하지는 못하지만, 세상에 처음 나오는 날 나는 지독하게 두려웠으리라. 자궁 속 안온한 공간에서 생면부지의 텅 빈 세상으로 나왔을 때의 그 당혹감은 헤아리기 어려운 일이었으리라. 그럼에도 자식을 뱃속에서 키워 내보내는 어머니야말로 자식 생일의 진정한 주인공이다. 열 달 동안의 수고도 수고려니와 낳을 때의 땀과 피눈물을 생각할 때 더욱 그렇다. 나 자신을 위해서라면 전혀 생일을 찾고 싶지 않으나, 어머니를 생각하면 생일을 잊어버릴 수 없는 이유다.

혹시 전생의 나는 내가 어떻게 태어날지 알고 있었을까? 사실 전생이 있었는지조차 알 수 없다. 사람이 다음 생애를 스스로 선택할 수 있다면 어떻게 될까? 그럴 권리와 능력이 인간에게 주어진다면, 세상 어느 한쪽은 포화 상태가 될 것이다. 스스로 다음 생애를 선택할 수 없기에 인간인지도 모른다. 스스로 다음 생애를 선택할 수 있다면, 그는 인간의 차원을 넘어선 존재다. 그가 바로 붓다다. 붓다를 뜻하는 한자는 불(佛)이다. 불(佛) 자를 풀이해보면 사람이 아니라는 뜻이 된다. 사람이 아닌 존재, 사람의 차원을 넘어선 존재가 붓다다.

일찍이 사람의 차원을 넘어선 존재, 즉 붓다가 된 이가 석가모니이며, 머나먼 미래에 새로운 붓다가 우리를 구원하러 올 것인즉, 그가 바로 미래불인 미륵이다. 그런데 미륵이 오기 전 붓다와 비슷한 존재가 우리 시대에도 존재한다. 그가 바로 달라이 라마를 비롯한 위대한 '라마'들이다. 그들은 세상을 떠나기 전에 자신의 다음 생애를 어느 정도

짐작할 수 있다. 그들은 몸을 바꾸기 전 다음 생애의 자신에 대한 암시를 던지고 세상을 떠난다. 달라이 라마가 붓다와 다른 점은, 달라이 라마는 윤회하는 반면 붓다는 더 이상 윤회하지 않는다는 점이다.

이번 인도 여행에선 바로 그 달라이 라마를 만나고 왔다. 물론 직접 만난 것은 아니나 그를 충분히 느낄 수 있었다. 그가 머무르고 있는 맥그로드 간지의 임시 궁전 주위에 마련된 순롓길인 '코라'를 매일 돌면서 달라이 라마를 생각했기 때문이다. 달라이 라마가 석가모니와 다른 점은, 석가모니는 전륜성왕의 길을 버리고 오직 수행의 길을 떠났지만, 달라이 라마는 전륜성왕의 길과 수행의 길을 동시에 걷는다는 점이다. 전륜성왕은 백성들을 편안하고 행복하게 해줄 수 있는 왕을 뜻한다. 석가모니는 전륜성왕이 될 수 있었으나 왕의 길을 버리고 집을 떠나 수행자가 되었다. 반대로 달라이 라마는 윤회의 굴레를 벗어나 붓다가 될 수 있으나 이 세상에 태어나 전륜성왕이 된 존재일까?

달라이 라마의 신화는 우리에게 지극히 신비롭다. 달라이 라마 14세의 탄생 얘기만 해도 그렇다. 달라이 라마 13세인 툽텐 갸초는 열반하기 전 자신의 다음 생애에 대해 다음과 같이 암시했다.

"다리에 호랑이처럼 줄무늬가 있고, 커다란 눈동자와 활처럼 휘어진 눈썹과 커다란 귀, 어깨엔 두 개의 사마귀, 마치 관세음보살처럼 기다란 두 팔과 손바닥에 조개 모양의 손금이 있는 사내아이를 찾아라."

몇 명의 후보자가 있었지만 나중에 달라이 라마 14세가 되는 '라모 톤둡'이라는 아이가 그중 유력했다. 새로운 달라이 라마를 찾기 위한 사절단이 라모 톤둡의 집을 찾았다. 사절단은 라싸의 세라 사원의 주

남갈 사원에 모셔진 석가모니불.

남걀 사원에 모셔진 파드마삼바바 상.

지 케상 린포체를 대표로 했지만, 그는 하인으로 변장하고 그들 중 가장 나이 어린 롭상 체왕이 대표로 행세하기로 했다. 그런데도 라모 톤둡은 케상 린포체를 발견하자마자 그의 무릎 위로 뛰어오르더니 13대 달라이 라마의 유품인 염주를 달라고 했다. 케상 린포체가 자신이 누군지 알아맞히면 염주를 주겠다고 하자, 라모 톤둡은 사투리로 "세라 사원의 주지"라고 말했다.

티베트 사람들은 두세 살 무렵에 전생을 기억한다고 생각한다. 더 나이가 들면 새로 받은 몸의 기운 때문에 전생을 잊어버린다는 것이다. 사절단은 라모 톤둡이 달라이 라마의 환생임을 확신할 수밖에 없었다. 그렇게 보면 달라이 라마 13세는 스스로 다음 생애에 어떤 인물로 태어날지를 알고 있었다는 얘기가 된다. 이처럼 달라이 라마 이야

코라에서 마니차를 돌리는 티베트 스님.

기는 계속해서 되살아나는 신화다.

1959년 3월 17일 티베트의 수도 라싸를 떠난 달라이 라마 14세는 3월 31일 인도로 망명했다. 그가 망명하여 일군 땅이 다람살라 근처 맥그로드 간지였다. 이 산악 지역에 달라이 라마는 망명정부를 세우고 티베트 사람들의 정착촌을 만들었다. 맥그로드 간지 일대는 티베트인에 의해 새롭게 탈바꿈했다. 그곳은 인도 안의 티베트가 되었다. 달라이 라마의 거주지를 중심으로 한쪽에는 남걀 사원이 들어섰고, 주위를 둘러싼 숲에는 순롓길이자 산책로가 만들어졌다. 그 순롓길이자 산책로가 '코라'다.

코라를 돌면서 나는 인간이란 무엇인가, 부처란 무엇인가, 전륜성왕이란 무엇인가를 끊임없이 생각했다. 석가모니는 스스로 전륜성왕

'옴마니반메훔'을 새기는 청년의 표정에 미소가 가득하다.

의 길을 포기함으로써 석가족을 멸망케 했다. 달라이 라마는 전륜성왕의 위치에 있음에도 불구하고 백성들을 나라 잃은 떠돌이로 만들고 말았다. 그럼에도 불구하고 석가모니와 달라이 라마의 행적은 정당화되고 있다. 그 이유는 무엇인가? 어렵다. 나는 날마다 코라를 돌면서 그저 티베트인의 신앙심에 감명하곤 했다. 한결같이 밝은 얼굴, 밝고도 간절한 마음이 느껴지는 사람들이었다. 티베트인들에게 받은 인상이 너무도 강한 나머지 이번 여행은 인도 여행이었다기보다는 티베트 여행이었다는 느낌마저 든다.

티베트 망명정부의 한숨과 기쁨이 녹아 있는 도시, 맥그로드 간지에서 나는 붓다의 생애를 더 많이 생각했고, 그 의미를 되짚어보았다. 달라이 라마와 석가모니는 어떤 인연이 있었을까? 달라이 라마는 미래불인 미륵불과 어떻게 다른가? 어려운 문제다. 아니, 쉬운 문제다. 티베트인들의 천진난만한 표정을 보라. 그들은 아무런 의심도 없다. 믿음만이, 충만한 믿음만이 있다. 유하의 시 〈오징어〉에서처럼, 그래도 나는 의심한다, 세상 모든 광명을.

> 눈 앞의 저 빛!
>
> 찬란한 저 빛!
>
> 그러나
> 저건 죽음이다
>
> 의심하라
> 모오든 광명을!
>
> — 유하, 〈오징어〉

티베트인들에게 광명은 있는가? 나는 의심하지만, 티베트인들은 의심하지 않는다. 그들은 매년 봄이 오듯이 마침내 올 것이 오고야 만다고 믿는다. 그렇다면 티베트인들에게 광명은 있다, 여법(如法)하게.

길 위에서 생을 마감하리라

승가에 입문하기 직전에 이 글을 마친다. 근기가 강하다면 굳이 승가에 들어가지 않아도 되련만 너무 부족한 것이 많기에 속세의 인연을 접고 떠나기로 했다. 부처님의 승가에 귀의하게 된 가장 중요한 계기는 불교 성지 순례였다. 부처님의 성지는 내게 바람으로 법을 속삭여주었고, 그 바람은 풀잎으로 말해주었고, 풀잎은 벌레의 움직임으로 자신의 뜻을 전해주었고, 벌레는 번데기가 되어 선정에 들어갔다가 놀라운 우화등선을 통해 나비가 되어 새로운 인연을 맺을 것을 재촉했다.

실로 꿈같은 길을 걸어서 나는 여기까지 왔다. 시인으로서 꽤 긴 세월을 살았다. 1989년 문단에 데뷔한 후 운이 좋아 좋은 출판사에서 책을 내고 문학상도 받았다. 그동안 네 권의 시집을 냈으며, 이 책의 전편으로 《인도신화기행》을 펴내기도 했다. 대학원에서 전공을 문학으로 바꾸어 박사학위를 받았으며, 스스로 열심히 공부했다고 자부한다. 긴 세월 책과 씨름하면서 많은 것을 깨우쳤고, 문학을 가르치는 데에도 큰 재미를 느꼈다.

10여 년 동안 많은 학생들을 가르쳤고 보람도 얻었다. 그 학생들 중 몇 명은 좋은 시인이 되어 문단에서 맹활약하고 있다. 학생들과 함께 문학을 탐구하고 문학에 대한 의견을 주고받고 그들 앞에서 열변을 토하기도 한 세월, 참으로 행복했다.

'인도를생각하는예술인모임'(약칭 '인생모')을 시작한 지도 만 4년이

달라이 라마가 머무르고 있는 맥그로드 간지를 둘러싼 산책로인 코라의 모습.

되었다. 인도를 생각하면서 나는 많이 성숙했고, 그 덕분에 새로운 길을 가게 되었다. 인생모의 산파 역할을 해주신 송기원 선생님께서 언젠가 말씀하셨다. 불가에 입문한 승려들이 "내가 왜 속세에서 견디지 못하고 출가했을까?"라는 화두를 가지고 참선한다면 금방 깨우칠 수 있을 것이라고. 나도 송기원 선생님이 말씀하신 화두를 생각해본다. 나는 왜 속세를 견디지 못하고 출가하는가? 송기원 선생님을 믿어

코라에서 만난 '옴마니반메훔'.

본다.

혼인한 지 10년이 다 되어 이혼했다. 이별의 아픔은 내 평생 잊지 못할 것이다. 그 아픔을 잊지 못하는 한 깨달음도 없을지 모른다. 이혼의 씨앗은 인도 여행 때 여물었다. 여행 중에 아내가 병이 나지 않았다면 혹시 우리의 이혼도 없었을지 모른다. 그러나 우리의 이혼이 나로 하여금 새로운 인연을 맺을 수 있는 용기를 갖게 했다는 점에서, 그것은 불행이 아니라 축복이다. 아내에게도 이혼이 결국에는 축복이 되기를 간절히 바란다.

이곳에서의 하루하루는 달콤했다. 문학의 울타리는 내게 시원한 그늘이 되어주었고, 따뜻한 이불이 되어주었다. 학교는 늘 신선한 가르침으로 끊임없이 정진할 수 있도록 날 배려해줬다. 그 달콤한 시간 속에서 나이를 먹은 후, 나는 인도에서 만난 부처님을 생각했다. 부처님은 내게 이제는 달콤함에 빠져 있을 때가 아니라고 말씀하셨다. 너무 늦었다 싶은 시점이야말로 바로 시작할 시기가 무르익었음을 말한다는 것이었다. 참으로 감사하다. 더는 새로운 길을 꿈꾸지 않을 것이다. 다만, 부처님이 그러하셨듯이 나는 앞으로 끊임없이 길을 갈 것이고, 길에서 꿈을 펼칠 것이며, 길 위에서 생을 마감하리라.

나는 인도에서 붓다를 만났다
차창룡의 불교신화기행

초판 인쇄 2010년 6월 24일
초판 발행 2010년 7월 1일

지은이 차창룡
펴낸이 김정순
책임편집 문해순 박상경
디자인 디자인굴뚝
마케팅 정상희 한승일 임정진
도움 주신 분 최창근

펴낸곳 (주)북하우스 퍼블리셔스
출판등록 1997년 9월 23일 제 406-2003-055호
주소 121-840 서울 마포구 서교동 395-4 선진빌딩 6층
전화 02-3144-3123
팩스 02-3144-3121
전자우편 editor@bookhouse.co.kr
홈페이지 www.bookhouse.co.kr

ISBN 978-89-5605-459-9 03810

이 도서의 국립중앙도서관 출판시도서목록(CIP)은 e-CIP홈페이지(www.nl.go.kr/ecip)에서
이용하실 수 있습니다. (CIP제어번호 : CIP2010002263)